미래제작소

＊기획·취재협력 — 주식회사 덴소

숏숏
퓨처
리스틱
노블

미래 제작소

오타 다다시 · 기타노 유사쿠 · 고기쓰네 유스케
다마루 마사토모 · 마쓰자키 유리

홍성민 옮김

차례

머지않은 가까운 미래, 우리의 삶은 어떤 모습일까? 로봇, 새로운 이동장치, 자율주행 자동차 등 우리의 삶을 이롭게 하기 위해 개발된 여러 이기利器들과 기술들은 하루하루 우리의 일상생활을 어떻게 바꾸어 놓을까?

우리 로봇 연구소 로멜라(RoMeLa: Robotics & Mechanisms Laboratory)는 사회를 이롭게 할 로봇을 만들고 로봇 기술을 개발하는 곳이다. 나는 우리 학생들에게 항상 강조하는 이야기가 있다. '우리가 만든 기술들이 사회에 어떤 영향을 미치는지'에 대해 항상 고민하는 자세를 잃지 말라는 것이다. 세계 최초의 시각장애인들을 위한 자동차, 화재 진압용 로봇, 재난 구조 로봇, 저가의 의수로 사용할 수 있는 로봇 손 등 인간을 위한 따뜻한 기술을 개발하는 것이 우리의 일이다. 그리고 우리가 만든 기술이 사람들에게 행복을 주고 사회를 이롭게 한다는 신념이 있다. 그것이 내 도전의 추진력이다.

나에게 로봇이란 사람이 할 수 없는 일, 혹은 어쩌면 해서는 안 되는 일들을 대신해주는 지능적인 기계다. 미래에 우리가 개발한 로봇들이 어떻게 사용될까에 대해 언제나 궁금해 하며 고민한다. 그래서 그런지 나는 공상과학 영화들과 소설들을 무척 좋아한다. 작가들이 생각하는 미래의 모습을 보면서 나도 상상하게 되기 때문이다.

이 책은 다섯 명의 작가들이 쓴 아주 짧지만 무척 흥미로운 이야기 열 편으로 구성되어 있다. 다섯 작가 모두가 공학도 출신이라 그런지, 허무맹랑한 판타지가 아니고 꽤 그럴싸한 미래의 모습들을 보여주어 읽는 내내 그 스토리 안에 함께 있는 나를 상상하게 한다.

하반신을 쓰지 못하는 사람들에게도 등산할 자유를 주는 다리 달린 로봇 보조 보행 장치, 라이프스타일을 바꾸어 놓을 이동형 자율주행 주택, 교통사고를 완전히 없애줄 교통 시스템, 어디서나 나를 따르고 함께할 수 있는 애완용 컴퓨터, 놀라운 비밀을 지닌 행성, 돌고래처럼 물속을 마음대로 돌아다닐 수 있는 로봇 슈트 등 우리가 살아 있는 동안 현실화될법한 신기한 기술들이 이 스토리들의 주인공들이다. 무엇보다 이 책의 가장 흥미로운 점은, 이런 기술들이 우리의 삶을 어떻게 바꿀 것인지 엿볼 수 있는 기회를 준다는 점이다.

　원래 공상과학 영화들과 소설들을 좋아하는 나는 이 책의 첫 페이지를 넘기는 순간부터 마지막 책장을 덮을 때까지 한자리에서 순식간에 완독해버렸다. 그러나 흔히 보는 공상과학 영화들에 나오는 미래 디스토피아의 어두운 세상에서 쫓고 쫓기는 숨 막히는 액션이나, 손에 땀을 쥐게 하는 짜릿한 전투 같은 가슴 두근거리는 재미로 읽은 책은 아니다. 신기술이 가지고 올 생각지 못했던 신기한 삶, 생각하지 못했던 연결, 결과consequences, 연관성connections, 원인과 결과cause and effect, 인류애humanity, 그리고 사랑……. 우리의 삶을 윤택하게 만들어주기 위해 개발된 기술들이 하루하루의 삶을 바꾸고 사회와 문화에 영향을 미치면서 때로는 잔잔한 감동, 때로는 놀라운 반전의 짜릿한 재미를 준다.

　소설집《미래제작소》는 아주 그럴듯한 흥미로운 미래 기술들이 등장하는 짧은 이야기들이라 부담 없이 읽을 수 있다. 하지만 읽게 되면 손에서 쉽게 내려놓을 수 없는 그런 책이다.

읽으면서 내내 내가 그 세상에서 살고 있으면 무엇을 하고 있을지, 어떤 문제들을 어떻게 해결하고, 무슨 생각을 하고 있을지 끊임없이 상상하게 한다. 기술들이 사람들의 삶에, 사회와 문화에 어떤 영향을 미칠까 생각하게 된다.

그래서 이 책은 앞으로의 나의 로봇 연구에도 적지 않은 영향을 미칠 것 같다. 기술이 우리의 삶에 어떤 영향을 미칠지 고민해야만 인간을 위한 따뜻한 기술을 개발할 수 있기 때문이다.

2020년
데니스 홍(로봇공학자)

왜 겨우 열 편이지?

일 년도 열두 달, 띠도 열두 개, 이왕이면 열두 편이 좋을 것 같은데, 소설마저 십진법에 물들어버린 것인가? 참여한 작가가 다섯 명이니까, 공평하게 두 편씩 썼으니까, 열두 편이 되려면 누군가는 한 편씩 더 써야만 하는 문제가 있으니까? 그럼, 공평하게 모두 두 편씩 더 써서 스무 편을 채우면 안 될까?

하긴, 한 권에 스무 편은 다소 과하다. 마땅히 두 권으로 나눠 내야 한다. 어라, 기왕이면 시리즈가 좋겠는데?《미래제작소》,《미래미래제작소》,《초미래제작소》……. 아쉽지만 우선 열 편으로 만족하기로 하자. 아직 오지 않은, 미래의 소설을 기다리면 되니까. 맞다. 열 편의 소설을 읽고 떠오른 단어는 반감기半減期, 반감기였다. 소설의 감동이 줄어들려면 많은 시간이 필요할, 반감기가 긴 소설 열 편이 들어차 있었다.

'쇼트 쇼트' 형식의 이야기들은, 어떤 소설보다 빠르게 독자들에게 육박한다. 이 안에는 움직이는 방, 개 컴퓨터, 산책을 원하는 공장 등 모빌리티mobility와 관련된 흥미로운 제품들이 반갑게 펼쳐져 있다. 심지어 작가들이 직접 취재했다니! 아무래도 그동안의 모빌리티 발전은 따분한 감이 있었다. 아직 상상을 넘지 못했으니까.《미래제작소》는 따분함을 넘어, 근미래에 볼 수 있을, 달라질 움직임을 조금 더 빨리 보여준다. 새롭고 신기한, 그러면서도 가능성 있는 모빌리티 그 자체에 빠져들게 된다는 점에서, 열 편 모두 별이 다섯 개.

하지만 어디까지나 소설은 소설이어야 한다. 흥미와 상상도 즐겁지만 문학애호가에게 더 궁금한 건 작품들이 품고 있는 온기溫氣일 수밖에 없다. 특히 미래를 다루는 소설이라면 유토피아건 디스토피아건 마땅히 어딘가는 따뜻해야 한다. 그렇게 믿고 있다. 책을 처음 읽었을 때는 흥미를, 다시 읽었을 때는 상상의 범주를, 한 번 더 읽었을 때는 온기를 느꼈다. 반전은 있어도 배신은 없었다.

말하자면 이런 것이다. 12년도 더 쓴 흑백 레이저 프린터를 고물상에 갖다 주면서 눈물을 흘린 기억이 있다. 재생 카트리지를 살 돈도 없어서 직접 토너 가루를 부어주며 썼다. 프린터도 울고 나도 울었다. 한 번에 50장 이상 인쇄하면 30분 이상 쉬어주어야 했고, 가끔은 손으로 직접 인쇄용지를 한 장 한 장 떠먹여 줘야만 했다.

어느 날, 문득, 프린터는 침묵을 지키기로 결정했다. 땡볕에 프린터를 들고 고물상에 다녀왔다. 고물상에는 녀석의 친구들이 가득했다. 차마 뒤를 돌아볼 수 없었다. 지금도 LBP3200이라는 프린터 모델명은 엘비피삼천이백, 입에 달라붙어 있다. LBP3200과 함께 소설을 쓰고, 또 쓰고, 또 또 썼다. 우리에게는 저마다의 LBP3200이 있었고, 지금도 함께 살아가는 LBP3200이 있다. 그렇다. 열 편의 소설들은 하나같이 그런 마음들에 연결되어 있다.

요즘은 잘 지내니, 엘비피삼천이백.《미래제작소》의 늙은 기계공은 녀석을 어떻게 해결해주지 않았을까? 그가 나에게도 편지를 남겨줬다면, 나에게는 어떤 말을 해줬을까? 하늘을 보기 위해 휠체어를 타고 3,000미터를 오르는 마음은 또 무엇일까. 우리는 돌고래가 될 수 있을까. 책의 어디를 펼쳐도 이런 마음들이 가득하다. 그럴 수밖에 없다. 소설을 통해 미래 세계의 움직이는 마음을 읽게 되니까. 소설은 당연히 디지털에도 온기가 있다는 것을, 디지털의 끝에도 어떤 그림이 숨어 있다는 것을 전해준다.

이 그림을 거부할 수가 없다.

비결이 궁금하다. 소설의 온기는 육해공을 넘어 우주까지 골고루 퍼져 있는데, 잠깐 우주는 공空인가 아닌가, 어쨌든, 도로가 있고 사막이 있고, 바다가 있고 별이 있고, 산이 있고 사람이 있다. 그리고 그 사이를 기묘한 무엇이 메우고 있다. 이것을 무어라 불러야 할까. 따뜻하고, 첨단尖端이고, 그런데 성실하기까지 한……

아, 장인정신匠人精神이다. 아니, 장인정신이라니? 퓨처future와 장인정신은 어쩐지 어울리지 않는데. 빠른 변화, 극단적 효율, 상상할 수 없는 세계를 메우고 있는 것의 정체가 기실 따뜻한 장인정신이라……. 장인정신은 사랑할 수밖에 없는 개 컴퓨터로 나타날 때도 있고 고장 날 수 없는 다리를 만들어주기도 하며 관리가 필요 없는 등산화로 등장하기도 한다. 42년 전의 길을 재현하기도 하고 더 이상 아무도 다치지 않는 도시를 꿈꾸게도 한다.

로봇이 로봇하다가 로봇하는 이야기에서, 로봇이 로봇해도 좋은 이유가 여기에 있다. 열 편의 소설들은 이동과 관련된 미래 기술을 그저 예찬하지 않는다. 묘한 감각이 한 편을 읽고 다음 편으로 건너가게 하며 마치 편안하게 릴레이 경주를 하듯, 다음 주자에게 바통을 살짝 건네듯, 유연하게 트랙을 달리

듯, 마침내 기꺼이 열 편 모두 그 자리에서 읽게 만든다. 책을 덮으며 조용히 소설 속 제작자들에게 한 번 고개 숙여 인사를, 제작자들을 만든 타국의 소설가들에게 다시 감사를 건넨다.

　달려와 줘서, 고맙습니다.

　참, 희망과 위로를 얻어 운전면허 따는 것을 포기했다. 괜찮겠지,《미래제작소》여러분?

　"과연 그것이 성공할지 어떨지는 지금부터 직접 시험해보세요.

　방해가 되지 않도록 나는 사라질게요.

　그럼 좋은 이동하세요!"

〈안장 위에서〉중에서

2020년 여름

김학찬(소설가)

오랜 옛날부터 인간은 '이동'과 떼려야 뗄 수 없는 역사를 걸어왔습니다.

먹을거리를 얻기 위해, 살 곳을 얻기 위해, 또 누군가와 교류하기 위해. 그리고 어느 때는 누군가와 싸우기 위해서.

다양한 목적을 갖고, 혹은 목적을 갖지 않은 채, 마치 이동에 대한 근원적 욕구를 내면에 감추고 있기라도 한 것처럼 인간은 계속 이동해왔습니다. 동시에 그 배경에는 언제나 '장인정신'이 깊게 관련되어 있었습니다. 장인정신으로 승화된 제조기술의 발전으로 인간은 새로운 발과 날개를 획득했고 이동의 가능성을 넓혀왔습니다.

이동과 제조기술은 과연 앞으로 어떻게 될까요?

이 책은 이러한 물음에 초점을 맞춘 열 편의 '쇼트 쇼트'로 이루어진 작품집입니다.

'쇼트 쇼트'란 한마디로 짧고 신기한 이야기입니다.

이 책은 쇼트 쇼트의 특성을 마음껏 발휘한 아이디어 넘치는 작품집입니다. 다섯 명의 소설가들이 아직은 아무도 알 수 없는 미래를 그리는 작업에 도전한 결과입니다.

이런 세계가 올지 모른다.

이런 세계가 오면 좋겠다.

그래도 이건 아니겠지. 아니, 잠깐, 어쩌면……

이 책에 담긴 이야기들에 자극을 받아 나름대로 미래의 모습을 상상하는 사람도 있을 것입니다. 그 상상이 다시 미래를 개척하는 힘이 될 거라 생각하고, 또 그렇게 되기를 바랍니다.

이 책이 여러분에게 우리 코앞에 다가온 가까운 미래세계를 마음껏 상상해보는 계기가 되기를 바랍니다.

그럼, 지금부터 미래제작소 투어를 시작합니다.

다마루 마사토모

다마루
마사토모

원 루머
One Roomer

.

'노마드 워크'는 얼마 전부터 젊은이들을 중심으로
화제가 되고 있는 노동방식입니다.
노마드 워커는 편의대로 특정한 오피스 없이
유목민처럼 이리저리 일하는 장소를 바꾸는 사람이죠.
이 원룸 카는 그런 사람들의 욕망을 헤아려 만들어진 것입니다.

젊은이들 사이에서 새로운 자동차가 유행하기 시작했다.

'원룸 카'라고 불리는 녀석이다.

이 차는 컨테이너 같은 외관인데 내부에 비즈니스호텔처럼 테이블, 의자, 간이침대, 일체형 욕실(욕조와 화장실이 한 공간에 있다 — 옮긴이), 미니 주방을 갖춰두고 있다. 그야말로 최소한의 원룸이 차로 실현된 것이다.

외관과 내부는 단순하지만 절대로 허술하지 않다. 곳곳에 최첨단 기술이 장착되어 있다. 완벽한 자율주행은 물론 발진과 정지도 섬세하고 부드러워 탑승자는 차가 움직이는 것조차 느끼지 못할 정도다. 게다가 한 번 충전으로 수백 킬로미터를 달릴 수 있는 전기차다.

"실례지만, 사람들이 과연 이런 차를 필요로 할까요?"

원룸 카를 개발한 회사가 마련한 기자회견에서 한 기자가 이렇게 질문을 던졌다.

개발자 중 한 명이 마이크를 잡고 질문에 대답했다.

"우리는 그렇게 믿고 개발했습니다."

기자는 이해가 되지 않는다는 얼굴을 하고 다음 질문으로 넘어갔다.

"그럼 개발 경위를 말씀해주시겠습니까?"

네, 그러죠, 하고 이번에는 다른 한 명이 마이크를 잡았다.

"노마드nomad 워커라는 말을 알고 있나요?"

"노마드……?"

"네, 노마드는 유목민이라는 뜻인데 '노마드 워크'는 얼마 전부터 젊은이들을 중심으로 화제가 되고 있는 노동방식입니다. '노마드 워커'는 편의대로 특정한 오피스 없이 유목민처럼 이리저리 일하는 장소를 바꾸는 사람이죠. 이 원룸 카는 그런 사람들의 욕망을 헤아려 만들어진 것입니다."

개발자는 말을 이어갔다.

"요즘 젊은이는 매우 합리적이라고 하지 않습니까? 그런데 그건 단지 오피스에 한정된 이야기만은 아닙니다. 최근에는 더 많은 의식 변혁이 이루어졌죠. 고정된 집에 안주하는 생활에도 의문을 품는 사람들이 나타나기 시작했어요. 그래서 우리는 생활하면서 이동도 가능한 차, 주거를 겸한 차를 개발한 겁니다."

하지만, 하고 기자가 끼어들었다.

"하지만 그건 이 차에 살고 싶은 사람이 있다는 가정 하에 서잖아요? 매달 내는 월세에 비해 차 구입 가격이 너무 비싼 것 같은데요."

"아뇨, 아뇨. 구입할 필요는 없어요."

"네?"

"아주 간단한 이야기예요."

개발자가 말했다.

"렌털입니다. 셋집도 말하자면 집을 빌리는 거잖아요. 우리 는 이 차를 빌려주는 일을 주요 사업으로 해나갈 생각입니다. 매달 내는 월세와 비교해 이 차의 매달 임대료가 훨씬 저렴하 다면 흥미를 갖지 않을 수 없죠. 물론, 구입도 대환영입니다. 개중에는 그런 사람도 나오겠죠. 집을 구입하는 것보다 압도 적으로 저렴하고 고정 자산세도 들지 않을 테니까요. 아주 합 리적인 이야기 아닌가요?"

"허허……."

기자는 점점 우주인과 대화하는 듯한 기묘한 표정이 되었 다. 정말 못 말리겠네, 그런 감정이 슬슬 드러나고 있었다.

"아무튼 수요는 있을 거라고 확신합니다. 우리가 개발한 차가 새로운 미래를 열기 바랍니다."

회견은 힘 있는 말로 마무리되었다.

그런 제조사의 의도는 적중했다. 원룸 카는 젊은 세대를 중심으로 화제가 되어 순식간에 널리 알려졌다. 매스컴에도 차례로 소개되면서 어느새 원룸 카로 생활하는 사람들을 '원 루머'라고 부르게 되었다.

원 루머가 된 사람들은 이전의 노마드 워커만이 아니다. 인터넷 카페에서 생활하는, 일명 넷 카페 난민으로부터의 유입도 많았다. 또, 원룸 카로 집에 있으면서 편하게 일할 수 있고 일하는 동시에 이동도 가능했다. 이런 장점들에 가장 먼저 주목한 것은 재택근무 희망자들로, 얼마 지나지 않아 곧 원 루머의 일원이 되었다.

"이런 차는 절대 인정할 수 없다. 사회에 해가 될 뿐!"

그런 비판의 목소리도 속출했다.

원 루머는 기본적으로 인터넷을 이용해 차 안에서 일하고 생활한다. 그들은 그 점을 강조해서 나름의 논리를 만들어냈다.

"이건 새로운 형태의 은둔형 외톨이다."

"사회 부적합자를 양산하는 장치가 아닌가."

"지역과 동네라는 전통적인 결속을 붕괴시켜 교류의 흐름을 막는 나쁜 시스템을 만들어냈다!"

어떤 이는 한탄하고, 어떤 이는 조롱하고, 어떤 이는 강하게 분개했다.

그러나 당사자인 원 루머들은 아랑곳하지 않았다. 타고난 기질이 그렇기도 하겠지만, 거기에는 비판하는 측이 안고 있는 배경에도 관련이 있었다.

비판자들 대다수가 자신이 지금 살고 있는 주거환경에 불만을 갖고 있거나 주택 대출금 반환으로 힘들어하는 연령층이었다. 그들이 말하는 비판의 근저에는 그런 어려움에 내몰리지 않는 자들에 대한 강한 질투심이 도사리고 있는 것이 빤히 보였다.

그런 이유 등으로 원 루머들은 딱히 신경 쓰지 않고 생활했다. 무시당한 사람들의 불만은 더욱 커졌지만 그게 전부였다.

원 루머들은 차 안에 갖춰진 미니 주방에서 냉동식품이나 인스턴트식품을 조리해 먹으며 생활하는 경우가 많았다. 물론 밖에서 식사를 해결할 때도 있다. 그럴 때면 인터넷으로 카페나 레스토랑을 검색해서 목적지로 세팅만 하면 된다. 원룸카가 자율주행으로 그 앞까지 정확히 데려다준다. 도착한 후에는 차에서 내려 가게에 들어가기만 하면 되니까 옆방에 잠깐 건너가는 감각으로 여러 곳을 외출했다.

의료품, 일용품, 잡화를 구입할 때는 택배 서비스도 적극적으로 이용했다. GPS(위성을 이용한 자동 위치추적 시스템)를 켜두기만 하면 업자가 현재 위치로 물건을 배달해준다. 우편물도 같은 방법으로 받기 때문에 그들은 주소라는 개념을 갖지 않게 되었다.

그 외에도 이동으로 시간을 낭비하지 않는 만큼 다른 사람들보다 일의 효율이 높았다. 그러다 보니 저절로 자유시간이 늘어나 더욱 인생을 즐기게 되었다.

운동하고 싶으면 헬스장에, 놀고 싶으면 오락 시설로 이동해서 차를 주차하면 된다. 회식이 있으면 음식점까지 자율주행으로 알아서 데려다주고, 돌아올 때는 마중도 나온다. 물론 지하철이나 버스처럼 막차 시간의 구속을 받지 않아도 된다.

원룸 카는 캠프장에선 산장이 되었고, 해변에서는 탈의실, 샤워실, 간단한 식사를 해결할 수 있는 간이 편의시설이 되었다. 여행지에서도 자택에 있는 채로 이동할 수 있고, 먼 지역으로 이동할 때는 고속도로가 붐비지 않는 야간에 움직이기 때문에 교통 정체로 스트레스 받는 일도 없었다.

결과적으로, 당초에는 극심한 '인도어indoor'파라고 논쟁거리가 되었던 원 루머는 오히려 다른 사람들보다 적극적으로 활동하게 되었다.

그런 이유로 사람 간의 만남도 늘었다. 만남이 늘면 사랑이 싹트는 것이 자연의 섭리다.

연인이 된 원 루머들은 쌍을 이루어 함께 행동했다. 때로는 열차 차량을 연결하는 요령으로 두 대의 차를 도킹시켜 리무진처럼 가로로 길게 만들어서 함께 이동했다.

젊은 세대의 자가용 기피 현상을 지적하는 목소리가 커지는 상황에서도 원룸 카 이용자만큼은 감소하지 않고 꾸준히 증가했다. 젊은 세대에 이어 고령층에서 원 루머로 생활방식을 바꾸는 사람이 나타나기 시작한 것도 중요한 이유였다.

당연히 다른 자동차 회사들이 이런 중대한 변화를 그냥 지나칠 리 없었다. 다른 제조사에서도 한 박자 늦게 같은 종류의 차가 차례로 발매되면서 원룸 카는 더욱 널리 보급되었다. 자동차 용품점은 한정된 원룸 공간을 효율적으로 활용할 수 있는 아이템 판매에 적극적으로 나섰고, 도장塗裝 회사는 차의 도장과 인테리어 서비스를 시작해 이익을 보았다.

그런 한편, 사회문제도 동시에 발생했다.

아이러니하게도 그것은 당초부터 지적되었던 인격이나 교류를 해치는 종류의 것이 아니었다. 원 루머들이 예상보다 크게 늘어나 충전 스테이션을 겸한 주차장이 만성 부족 상태에 빠진 것이다.

차로 계속 이동을 해도 한 번씩은 정차해서 충전해야 한다. 그러나 무한정 주차장을 늘리려고 해도 그만한 땅이 없다. 관계자는 뾰족한 방법이 없어 골머리를 썩였다.

그러나 얼마 지나지 않아 해결책이 나왔다.

"그거다, 그거! 입체 주차장!"

발안자가 외쳤다.

"충전설비를 갖춘 입체 주차장을 만들면 돼!"

오오, 하는 술렁임 후에 칭찬이 폭풍우처럼 몰아쳤다.

안건은 즉시 채용되었고 각지에 새로운 입체 주차장이 세워졌다. 건설회사도 이 주차장에서 차세대 아파트의 아이디어를 얻어 적극적으로 건설 사업에 착수했다.

그런 호경기 속에서도 도시 한 구석에서는 불온한 움직임을 보이는 남자가 있었다.

그는 전문 빈집털이범이었다. 최근 들어 원룸 카에 주목한 것이다.

빈집털이범은 이런 생각을 했다.

'항간에 넘쳐나는 원 루머라는 인간들은 아무래도 합리적인 성격 같은데. 그 말은 낭비를 하지 않는다는 것이겠지. 그러니까 돈을 잔뜩 모아두었을 게 틀림없어. 그런 사람들을 털지 않으면 대체 누굴 털겠느냐고!'

빈집털이범은 밤낮으로 서성거리며 돈이 더 있을 만한 타깃을 집중 물색했다. 원 루머는 이곳저곳을 돌아다니기 때문에 목표물을 찾는 것에 꽤나 애를 먹었다.

그러나 빈집털이범은 자신의 일반 승용차를 타고 집요하게 미행을 계속해서 결국 한 원 루머를 타깃으로 정했다. 그러던 어느 날, 주인이 외식하기 위해 잠시 차를 비운 틈을 노려 도어록을 부수고 원룸 카 안으로 침입했다.

그때였다.

이상을 감지한 원룸 카가 비상용 잠금장치를 작동시키고 은밀히 원 루머에게 통지를 보냈다. 원 루머는 스마트폰으로 경보 메시지를 확인한 후, 사태를 파악하자 침착하게 애플리케이션의 화면을 터치해나갔다.

다음 순간, 차의 상부에 램프가 나타나 조용히 빨간색으로 점멸하기 시작했다. 차는 그대로 패트롤카가 되어 빈집털이범을 그대로 경찰서로 이송했다.

안전하고 쾌적한 주행 탓에 자신이 처한 상황을 전혀 눈치채지 못한 채.

고기쓰네
유스케

EPISODE 2

dogcom.

dogcom.의 내부에는 고성능 CPU와
대용량 하드 디스크가 장착되어 있고,
눈에는 입체 영상 프로젝터가 탑재되어 있다.
dogcom.만 있으면 아무 설비가 없는 곳에서도
디스플레이를 펼쳐서 일하고 가상공간을 띄워
다양한 오락을 즐길 수 있다.

"개와 컴퓨터를 합체한다!"

한 컴퓨터 회사에 근무하는 남성이 말한 그 꿈은 당시에는 제대로 논의되지도 않은 채 세상의 비웃음거리가 되었다고 한다.

어느 시대나 평범한 사람들은 혁신을 이해하지 못하고 웃음거리로 만들어버린다.

그가 만든 'dogcom독컴.', 그러니까 개발된 당시 사람들의 표현으로 '개 컴퓨터'는 이제 우리 생활에 없어서는 안 될 필수품이 되었다. 한 사람이 dogcom. 한 마리씩을 기르며, 데리고 다니는 세상이다.

dogcom.의 외모는 일반 개와 거의 흡사하다. 그래서 진짜 개와 구분하기 위해 귀와 코에 일부러 금속 가공을 그대로 남겨 두었다.

그런 dogcom.의 내부에는 고성능 CPU와 대용량 하드 디스크가 장착되어 있고, 눈에는 입체 영상 프로젝터가 탑재되어 있다.

dogcom.만 있으면 아무 설비가 없는 곳에서도 디스플레이를 펼쳐서 일하고 가상공간을 띄워 다양한 오락을 즐길 수 있다.

예전에는 컴퓨터를 옮길 때면 그 무게가 장애가 됐는데 dogcom.에는 뒤따라오는 팔로우follow 기능이 있어 스스로 알아서 우리 뒤를 따라온다. 또, 소형 전용 단말기가 부착되어 있어 이름을 부르면 언제 어디서나 주인의 냄새를 맡고 바로 달려온다.

dogcom.은 동력 부분에서도 뛰어나다. 고성능 에너지 가마를 갖고 있어서 인간과 똑같은 음식을 먹을 수 있고 그것으로 동력을 보급한다.

내 애견 '포치'는 3년 전에 구입했다. 당시 dogcom.의 구입을 생각하고 있던 나는 어느 작은 가게 앞을 지나게 되었다. 그 가게는 예전에 공장에서 기계공으로 일했던 남자가 운영하는 곳으로, 그가 취미로 만든 기계들이 진열되어 있었다.

그 가게의 쇼윈도를 장식하고 있던 것이 포치다.

포치를 본 순간 첫눈에 반한 나는 가게 안으로 들어가 "저 dogcom.을 구입하고 싶습니다"라고 주인에게 말했다. 그러나 처음에 주인은 "저건 파는 물건이 아니라서……" 하고 단호히 거절했다.

하지만 포치의 모습을 잊을 수 없던 나는 계속해서 그 가게를 찾아갔고, 결국 "소중히 사용해준다면"이라는 조건으로 포치를 손에 넣을 수 있었다.

포치는 차츰 내 일에서 없어서는 안 될 중요한 존재가 되었고, 더할 나위 없이 좋은 파트너가 되어 주었다.

나와 포치의 취미는 오토 푸드에서 과거의 진미들을 맛보며 즐기는 것이다. 물과 빛과 미생물을 사용해 먹을 것을 생성하는 오토 푸드에서는 지구상에 존재했던 음식이라면 뭐든지 주문할 수 있었다.

포치의 배터리가 떨어지면 우리 둘은 오토 푸드에 들러 색다른 음식을 주문해서는 그 맛을 음미하며 먹고 놀았다.

최근에 먹어보고 가장 크게 놀란 것은 '쿠사야(말린 자반고등어. 구울 때 독특한 냄새가 난다 — 옮긴이)'라는 음식인데, 요리가 나온 순간 어찌나 고약한 냄새가 풍겨오던지 코가 떨어져 나가는 것만 같았다. 포치는 냄새를 맡고는 "크엉!" 하고 짖으며 펄쩍펄쩍 뛰었다.

오늘도 포치는 단골 찻집의 지정석에 배를 깔고 엎드려 내가 키보드로 치는 입력 정보를 차례로 처리하고 있다. 다른 손님도 마찬가지로 dogcom.을 옆에 두고 일하고 있었다.

어느 날 밤, 늘 그렇듯 한창 포치와 일하고 있는데 아내가 최신 dogcom. 팸플릿을 손에 들고 말을 걸었다.

"여보, 그거 새 걸로 바꾸지 않을래?"

아내는 dogcom.에 대해서는 아무것도 모르는 주제에 무조건 신상을 좋아해서 이렇게 무모한 제안을 한다.

"포치는 안 바꿔."

"요즘 신상은 걷는 게 훨씬 빠르대."

"다 쓸데없는 기능이야."

아내는 재미없다는 듯 휙 하고 팸플릿을 쓰레기통에 던져 버렸다.

포치는 '어느 집 개가 짖나' 하는 태도로 내가 명령한 정보를 담담히 처리하고 있다. 이렇게 훌륭한 애견을 나는 절대로 버릴 수가 없다.

*

어느덧 10년의 시간이 흘렀다. dogcom.은 더욱 진화해 연비가 한층 더 좋아진 모델, 소형화된 모델, 하늘을 나는 모델 등 다양한 모델들이 차례로 등장했다.

그런 반면에 포치는 몇 년 전부터 제대로 걸을 수조차 없게 되었다.

나는 포치에게 이상이 나타나면 언제나 예전의 그 가게를 찾아가 포치의 수리를 의뢰했었다.

주인은 내가 가게를 찾아갈 때마다 포치에게 기름을 쳐주고 교환이 가능한 부품은 새것으로 바꿔주었다. 그렇게 주인의 관리를 받고 나면 포치는 늘 기분 좋게 짖었다.

그러던 어느 날이었다. 여느 때처럼 포치를 데리고 가게를 찾아가자 주인은 슬며시 고개를 가로저었다.

하루가 다르게 점점 더 걷지 못하게 된 포치를 데리고 다닐 수 없어 나는 이제 집에서 일하게 되었다. 일의 효율은 점점 더 나빠졌다.

그런 모습을 본 아내는 집요하리만치 내게 새 모델을 권했고 포치는 미안한 표정으로 나를 바라보았다.

"포치, 옛날 사진 꺼내줘."

어느 날 아침, 내가 그렇게 말하자 포치는 10년 전 사진을 차례로 보여주었다. 옛날 컴퓨터는 하드디스크가 실행되지 않아서 정보가 없어지는 경우가 있었다는데, dogcom.은 개가 한번 익힌 재주를 잊지 않듯이 한번 기억한 정보는 절대 잊어버리지 않는다.

사진 속의 나와 포치는 젊고 생기가 넘쳤다.

그때 화면 한구석에 짧은 메시지가 떴다.

"주인님, 지금까지 감사했습니다."

그것은 dogcom.이 죽을 때 보낸다는 평생 단 한 번뿐인 메시지였다.

"안 돼, 포치! 넌 아직 살 수 있어!"

필사적으로 키보드를 두드려 포치에게 말했다.

포치가 띄운 디스플레이가 당장이라도 사라질 듯 희미해졌다.

이젠 끝이야…….

포치를 살릴 수 없어…….

나는 이제 포치가 그대로 잠들 수 있게 해주기로 한다.

움직이지 않는 포치를 안고 그 가게로 갔다.

포치의 몸체를 인수하고 싶다는 가게 주인에게 포치를 건네주기로 했다. 나는 아무 소리도 내지 않는 포치의 머리를 천천히 쓰다듬었다.

이윽고 가게 주인이 "보셨으면 하는 게 있습니다" 하고 포치의 몸체 내부를 보여주었다. 거기에는 많은 이름들이 새겨져 있었다. 전부 포치를 만들어온 기술자의 사인이라고 한다.

CPU부터 구동 부분의 모터, 에너지 가마에까지 빽빽이 사인이 새겨져 있었다. 포치는 가게 주인이 일했던 공장에서 마지막으로 생산된 dogcom.이라고 한다. 그가 포치를 팔고 싶어 하지 않았던 이유였다.

포치를 원래 상태로 다시 조립하면서 가게 주인은 이렇게 말했다.

"이 모델의 내구 연수는 최대 5년이에요. 그런데 이 아이는 10년이나 당신을 도왔어요. 이 dogcom.은 정말 우리의 자랑입니다."

집에 돌아오자 내가 들고 온 커다란 상자를 본 아내가

"여보, 벌써 새 거 샀어?"

하고 놀랐다.

"왜, 그럼 안 돼? 이번에는 더 작고, 연비도 더 좋고, 하늘도 날 수 있다고."

"아니, 안 되는 건 아니지만……, 포치를 각별히 생각하는 것 같더니 의외라서."

의아해하는 아내를 아랑곳하지 않고, 나는 오늘 아침 포치가 엎드려 있던 위치에 새 dogcom.을 눕혔다.

그리고 가게 주인이 건네준 것을 끼운 다음 전원을 켰다.

가게 주인은 "이 아이를 만든 것은 우리 기술자들이지만 포치와의 추억을 만든 것은 당신이니까"라며 메모리칩을 내게 건네주었다.

서서히 움직이기 시작한 dogcom.에게 나는 반갑게 말을 걸었다.

"안녕, 포치! 우리 오랜만에 산책하러 갈까."

기타노
유사쿠

공장 산책

·

이곳은 인간과 로봇이 공존하는 하나의 도시예요.
또, 인간과 로봇이 협조하는 사회이기도 하고요.
아직 현실 세계에서는 거기까지 못 갔지만
여기서는 실현되고 있어요.
기계가 인간을 돕고 반대로 인간이 기계를 돕기도 하죠.

'산책'이 좋지 않을까, 생각했어요.

왜냐하면 '견학'이란 말은 조금 딱딱하잖아요. 왠지 공부 같고.

그래서 이렇게 좀 더 부담 없이 둘러보는 게 좋지 않을까, 생각했습니다. 산책하는 느낌으로 한 바퀴 휙 둘러보는 거죠. 그래서 '공장 산책'입니다.

아, 이 사진이요? 꺼내놓고 깜빡했네.

어렸을 때 키웠던 개예요.

이름은 까망이.

너무 까매서 까망이. 하하하, 보이는 그대로죠.

네, 지금은 없어요. 개의 수명은 인간보다 짧잖아요.

뭐든 나와 함께했어요. 밥도 똑같은 걸 먹었죠. 항상 함께할 거라고 생각했는데.

그때는 엄청 울었어요. 내가 생각해도 놀랄 만큼.

음, 확실히 그럴지도 모르겠네요.

그 일이 지금 내가 하는 일과 관계가 있을지도 몰라요.

최근에는 녀석의 꿈을 자주 꿔요. 그것도 그래서인가.

일단 공장 산책을 하면서 그런 이야기도 같이 하기로 하죠.

자, 이쪽으로 오세요.

*

일단, 여기서 잠깐 쉬기로 하겠습니다.

산책이라고는 했지만 역시 공장 안이라 위험한 곳도 있고 긴장감이 꽤 있으니까요. 피곤하시죠? 여기서 잠깐 쉬기로 해요.

아직 일부에 불과한데, 공장이라는 표현을 썼지만 다양한 요소들이 있다는 걸 아셨을 겁니다.

네네, 흔히 하나의 도시 같다고들 해요. 그런 점도 산책에 비유한 이유 중 하나지요.

실제로 하나의 동洞에 거주하는 인원만큼의 사람들이 일하고 있어요. 사람뿐 아니라 기계의 수도 그래요.

한마디로, 이곳은 인간과 로봇이 공존하는 하나의 도시예요. 또, 인간과 로봇이 협조하는 사회이기도 하고요.

아직 현실 세계에서는 거기까지 못 갔지만 여기서는 실현되고 있어요. 기계가 인간을 돕고 반대로 인간이 기계를 돕기도 하죠. 이곳에선 그런 것이 아주 자연스럽게 이루어져요. 일상이 되었죠.

그런 도시이고 사회입니다.

말하자면, 우리의 머지않은 미래가 이곳에 있는 거죠. 저는 그렇게 생각해요…….

그래요, 미래의 세계에 있는 거예요. 어릴 적 애니메이션이나 만화책에서 봤던 미래 속에 내가 들어와 있다고 생각하면 살짝 흥분되죠.

아, 물론 이걸로 충분한 건 아닙니다.

왜냐하면 완벽한 도시란 존재하지 않으니까요. 아직 이런저런 문제는 있습니다. 그 문제점을 추출해서 해결하는 방향으로 이끄는 것이 제가 하는 일이죠.

이 부지 안에는 이런 공장― 즉, 이런 도시 ― 이 여러 개 있어요. 여러 도시가 모여서 더 큰 도시를 만들죠.

각 도시마다 특징과 개성이 있어요. 요컨대 장점도 있고 단점도 있는 거죠.

네, 맞습니다. 단점도 있어요.

원래 하는 일이 다르니까요. 모두 똑같을 순 없죠.

각자 지금까지 걸어온 길, 그 도시의 역사 같은 것이 있죠.

그래서 하나하나 다릅니다. 그게 당연하죠.

만약 모두 똑같다면 어떤 목표에 대해 평균점은 해낸다고 해도 그보다 앞으로 나아갈 수는 없을 겁니다. 서로 보완하는 것도 안 되고요. 다들 똑같으니까.

우리가 하려는 일에는 정해진 답이 없어요. 아아, 하지만 공통의 이상理想 같은 것은 있습니다.

한마디로 말하기는 어려운데, 굳이 말하자면 모두의 행복이랄까……, 조금 부끄럽네요.

하지만 거기에 도달하기 위한 정답은 없습니다. 아직 아무도 실현하지 못했으니까.

모두의 행복을 이루기 위해 실패를 거듭해가며 문제나 불만을 하나씩 해결해나갈 수밖에 없어요.

아, 이 공장이요?

있죠, 있죠. 물론 불만이 있습니다. 굳이 말하자면 이런 것들이 아직 있어요.

음, 하나 예를 들자면!

느려요.

아아, 부분 하나하나를 보면 빠르죠. 그건 상당히 개량됐어요. 그런데 그 연결이랄까, 연계의 흐름이 아직 충분하지 않아요.

예를 들어보라고요?

글쎄. 아, 저쪽을 보세요.

기다리고 있죠? 각각의 작업을 보면 확실히 빨라서 낭비가 없는데, 저 작업이 끝나기를 다음 부서가 기다리고 있어요. 만약 저 부분이 좀 더 순조롭게 이어지도록 적당한 방법을 강구하면 개개인의 작업량을 줄여도 전체적으로 일을 더 빨리할 수 있을 겁니다. 더 즐겁게 더 여유를 갖고, 하지만 더 빠르게 일할 수 있죠.

물론 그렇게 하려면 공정을 재점검해서 전체적인 배치를 고민하고, 제품의 소재와 설계 같은 근본적인 부분의 개량도 필요하죠. 그리고 그런 변경을 단번에 끝낼지 단계적으로 해나갈지 그런 부분까지 포함해서 전체를 다시 디자인할 필요가 있어요.

아, 그리고 아직은 딱딱해요. 부분적으로나 전체적으로 딱딱합니다. 그래서 여유가 없고 융통성이 없어요. 유연성이 부족하죠.

그런 점은 약해요. 튼튼해 보여도 뚝 부러지죠. 여유가 없어서 그런 거예요.

맹렬히 움직인다고 해서 다 좋은 건 아니에요. 인간이나 기계나 쉽게 움직이고 결과적으로 더 기분 좋게 일할 수 있게 되면 좋은 거죠.

그래요, 공장 전체가 기분 좋게 움직인다, 입니다. 목표는.

네네, 공장이요.

공장이 기분 좋게, 즐겁게 일하는 그런 느낌.

아, 그거예요, 그거. 그래요, 살아 있는 생물이요.

그렇게 느끼신다니 이렇게 공장을 직접 눈으로 보고 둘러보게 한 보람이 있네요. 그래요, 이런 건 데이터나 영상으로 설명하는 것만으로는 쉽게 전달할 수 없어요. 실제로 직접 느껴야 알 수 있죠. 저도 그랬어요. 어느 날 문득 깨달았죠. 이건 살아 있는 생물이구나, 라고.

맞아요. 공장은 하나의 생명체입니다.

다양한 재료를 먹고 제품으로 내보내죠. 그런 흐름을 계속하면서 동시에 자신도 변화하고 성장합니다.

작은 단계에서는 세포부터 바뀌어가고, 좀 더 큰 눈으로 보면 엉금엉금 기는 것이 고작이었는데 두 발로 서고, 걷고, 뛰고, 사고하게 되고…… 태어났을 때는 생각지도 못한 많은 것을 할 수 있게 되죠.

그런 성장 과정을 도와주며 다치거나 아프지 않게 주의를 기울이는 것이 제 역할입니다.

그런 거구나, 하고 깨달은 것도 최근이에요.

어? 이런 느낌, 전부터 알고 있어, 라고요.

네, 까망이요. 까망이와 함께했던 시절의 느낌과 똑같아요. 그게 떠오른 거예요.

개는 사람처럼 말할 수 없잖아요. 그래서 뭘 원하는지 이쪽에서 알아주지 않으면 안 되죠.

아, 배가 고프구나, 혹은 몸이 어디 안 좋은가, 아니면 산책하고 싶구나, 하고요.

말은 못 해도 같이 살면 알 수 있어요.

보면 알죠. 반대로, 보지 않은 사람은 절대 알 수 없어요.

그래서 나는 이 녀석을 제대로 봐야 한다. 제대로 보고 이쪽에서 알아줘야 한다, 그렇게 생각했죠.

이렇게 외부의 여러분들에게 보이는 것도 그 때문이에요.

나처럼 늘 보던 사람 이외의 사람들이 봐줌으로써, 또 그 사람들의 반응을 내가 봄으로써 지금까지 몰랐던 것을 알게 될지 모른다, 라고.

그러니까 저도 여러분을 이용하는 건데.

아, 새로 알게 된 거요?

있죠.

앗, 까망이 꿈을 꾼 것도 그래서일지 모르겠네.

꿈에서 녀석이 꼬리를 살살 흔들며 나와 집 밖을 번갈아 보는 거예요. 그 자리에서 깡충깡충 뛰면서요.

그럴 땐 산책 가고 싶다는 거예요. 그런데 최근에 그것과 똑같은 느낌을 받았어요.

네, 이 공장한테서요.

이 공장은 내가 산책에 데려가길 원해요. 그렇게 느꼈어요.

이상한 말을 한다고 생각하시나요?

그래요, 이 말만 들으면 그럴 수 있어요.

하지만 정말 그래요.

이 공장은 바깥 세계를 보고 싶어 합니다.

자신이 있는 이 장소의 바깥, 다른 공장이나 그 공장 밖에 있는 더 큰 세계를 보고 싶어 해요.

그걸 이루어주는 것으로 분명히 뭔가 크게 바뀔 겁니다. 생명체로서 한 단계 성장하지 않을까 싶어요.

아, 물론 개처럼 진짜로 걷게 할 수는 없죠. 공장이니까.

그럼 어떻게 하면 이 녀석을 산책에 데리고 갈 수 있을까.

어떻게 하면 데이터나 영상만이 아니라 이렇게 자신의 몸으로 느끼고 체험하게 만들어줄 수 있을까.

그렇죠, 이 공장 산책처럼요.

이 공장에게 바깥 세상을 체험하게 하려면 어떻게 해야 할까. 제 나름대로 이리저리 고민했죠.

아직은 산책 중이지만, 후반에는 그걸 보여드릴까 해요.

그럼, 슬슬 다시 가보실까요?

공장 산책을 계속하시죠.

마쓰자키
유리

EPISODE 4

산으로
돌아가는 날

．

그의 몸을 받치고 있는 최신형 휠체어는
엄밀히 말하면 휠체어가 아니다.
일반적인 네 개의 바퀴 대신 관절로
자유롭게 움직이는 여덟 개의 다리가 있다.
거미를 본뜬 이 의자의 상품명은 ‘스파이더 체어’다.

머리 위로 펼쳐진 파란 하늘 한가운데 공중 정지해 있는 헬리콥터의 모습이 보였을 때, 비로소 '이제 살았구나' 하고 실감할 수 있었다.

부석을 밟고 미끄러졌었다. 그대로 바위에 부딪힌 고통이 너무 큰 나머지 연신 신음소리를 토해내야만 했다. 지금도 통증이 느껴지고 허리 아래로는 전혀 움직일 수가 없다. 다행히 상체는 다치지 않은데다 휴대전화도 신호가 잡힌다. GPS 애플리케이션이 나타내는 위도와 경도를 말해주자 놀랄 만큼 빨리 헬리콥터가 도착했다. 통신기술의 눈부신 발전이 산에서 발생하는 최악의 사태를 착실하게 줄여가고 있었다.

이제 집에 갈 수 있다.

다행이다, 적어도 스무 살 여름에 죽음을 맞이하는 불행은 맞이하지 않을 것 같다.

노란색 상·하의에 가죽 멜빵, 헬멧을 쓴 구조대원이 호이스트(인양기) 케이블로 내려온다. "괜찮습니까?" 하고 상태를 확인하고 이름을 부른다. 그는 살짝 고개를 끄덕인 다음 구조대원의 어깨 너머로 한 번 더 하늘을 바라보았다. 다시 저 파란 하늘을 보고 싶다, 산 위에서.

그때 단단히 움켜쥐고 있던 신경줄이 툭 끊어지며 의식을 잃었다.

처음으로 산에 오른 것은 초등학교 소풍 때였다.

해발 900미터도 안 되는 현縣 내에 있는 낮은 산이었다. 옛날부터 풍광명미風光明媚의 관광지로, 지금도 남녀노소가 꽃과 단풍을 감상하러 오는 인기 관광지다.

처음에는 등산 따위, 참 시시하다고 생각했다. 힘들게 올라갔다가 다시 내려오는 게 전부잖아. 사람들은 대체 왜 그런 쓸데없는 짓을 하는 걸까.

등산로 입구부터 갑자기 급한 오르막이 나타난다. 심지어 끝이 보이지 않을 만큼 길게 이어지는 통나무 계단이다. 초여름으로 바뀌기 시작한 햇볕이 모자를 통과해 머리로 내리쬐는 바람에 땀이 줄줄 흐른다. 진짜 싫다, 이런 소풍.

그런데 산을 오르기 시작한 지 20분쯤 지나자 신기한 변화가 일어났다. 거칠었던 호흡은 어느새 규칙적으로 바뀌었고 근육 통증도 사라졌다. 그 대신 상쾌함이 밀려왔다. 머리 위에서는 나뭇가지들이 아치arch 형태를 만들어 나뭇잎 사이로 연초록의 햇빛을 드리운다. 주위를 둘러보니 여기저기에 기묘한 모양의 거석들이 서 있다. 예를 들면, 문처럼 좌우에 서 있는 바위 위에 커다란 바위가 얹혀 있다. 당장이라도 떨어질 듯 아슬아슬하게 균형을 잡고 있어서 그 밑을 지날 때는 등에 서늘한 기운이 흘렀다. 그 앞쪽에는 경자동차 크기의 바위가 집채만 한 바위를 불안하게 떠받치고 있다. 관광지다운 팻말의 설명문에 의하면, 이 두 개의 바위가 만드는 어두운 틈을 지나면 어머니의 뱃속을 통과해 새롭게 태어난 걸로 간주된다고 한다.

이런 바위들을 하나하나 보고, 놀라고, 양손으로 만지다 보면 어쩔 수 없이 집단에서 멀어져 뒤처지게 된다.

"놀면 안 돼. 얼른 애들 좇아가."

맨 뒤에서 오는 선생님께 야단을 맞고서야 허둥지둥 걸음을 재촉했다. 쳇, 나는 더 천천히 보고 싶은데…….

정상까지는 아이 걸음으로도 몇 시간이 채 안 걸렸다. 산 정상은 온통 바위였고 얼마 안 되는 키 작은 나무가 바위에 달라붙어 있었다. 또, 고도를 표시해놓은 돌기둥과 방향을 가리키는 돌로 된 둥근 테이블이 있었다. 바람이 강해 이리저리 휘청거려 무섭다. 울타리가 없어 손과 무릎으로 바위를 짚으며 몸을 돌려 주위를 둘러보았다. 눈에 들어오는 모든 방향에 푸른 하늘이 있었다.

'하늘은 돔dome이다!'

그렇게 생각했다. 지표에서는 이런 감각이 솟아났던 적이 없다. 높고 파란 돔과 한없이 작은 나.

새로운 발견을 한 신비로운 세계에서 계속 머물고 싶다. 그런데…….

"자, 시간 다 됐어요. 이제 내려갑시다아아아!"

인솔 교사가 손뼉을 쳐서 그의 들뜬 기분을 순식간에 지워버렸다. 섭섭하지만 정상을 돌아보고 다시 돌아보며 그는 생각했다.

'다시 올 거야, 꼭.'

당장 부모님과 상의해 지역 산악회가 주최하는 어린이 등산교실에 가입해서 도구 고르는 방법부터 착실히 배웠다. 가장 중요한 건 신발이다. 산에서의 쾌적함과 안전에 직결되기 때문이다. 발목까지 감싸주고 바닥이 단단한 것을 골라야 한다. 운동화는 좋지 않다. 등산하기 전의 확인과 등산을 마친 후의 관리도 필요하다. 더러워진 곳은 깨끗이 닦아내고 문제가 있으면 손질해서 잘 말린다. 방수 코팅제 스프레이를 뿌려 방수 처리도 해야 한다.

"이것 참, 귀찮아요."

투덜대자 산악회 아저씨들이 함께 웃었다.

"그렇지? 하지만 신발이 생사를 가를 때도 있단다."

그러고는 다쳤을 때 안전을 확보하는 방법에 대한 설명으로 넘어갔다. 무엇보다, 산에 오르기 전에는 반드시 등산 계획서를 제출해야 한다고 거듭 강조하며 다짐을 받았다. 집에 돌아오지 않았다고 가족이 연락했을 때, 어느 산의 어떤 루트로 올라갔는지 모르면 구조대도 찾을 방법이 없기 때문이다. 그 다음은 등산의 기본 기술, 지도와 나침반을 사용한 독도법, 기상예보 확인도 필수다.

당일치기로 나지막한 산부터 오르기 시작해 차츰 단계를 높였다. 산장 숙박, 등산 장비 한 세트를 짊어지고 오르는 텐트 야영. 학교 방학을 이용한 장기산행. 이렇게 해서 대학생이 되었을 무렵에는 단독으로 3,000미터 높이의 산들을 종주할 수 있게 되었다.

그러나 산 위에서는 순간의 방심이 명암을 가른다.

일기예보에 의하면 며칠간은 쾌청한 날씨가 이어진다고 했다. 그런데 능선을 걷던 중 서쪽 하늘에 불온한 구름이 나타나더니 점점 이쪽을 향해 몰려왔다. 여름 산에서 흔히 만나는 국지성 호우로, 당황하지만 않으면 위기를 피할 수 있다. 강한 바람을 막기 위해 미리 우비를 입고 있었으니까.

아, 그런데 돌이 많은 비탈인데다 발밑 확인에 허술했다. 게다가 쏟아진 비로 바닥의 돌들은 헐거워져 있었다.

그때 냉정했었더라면……. 그러나 후회해도 이미 늦었다.

생환의 기쁨은 잠깐이었다. 진단은 척수 손상. 몇 차례의 수술과 오랫동안 힘든 재활치료를 받았지만 보행 기능은 끝내 회복되지 않았다.

사고가 난 지 1년이 지났다. 여름방학이 끝나고 겨우 복학해서 다시 학교에 다니기 시작했다. 휠체어를 타고서.

어려움은 상상 이상이었다.

관리가 잘된 병원 건물의 안과 밖은 완전히 다른 세계였다. 평소에 길을 걸을 때는 느끼지 못할 정도의 미세한 바닥 경사에도 휠체어는 직진하지 못하고 곡선을 그리며 다른 방향으로 돌아가고, 불과 몇 센티미터의 홈에도 쉽게 휠체어 바퀴가 빠져버린다. 보도블록이나 돌길의 작은 턱조차 조작성을 무력화한다. 또, 길에는 공포스러울 정도로 계단이 많았다. 우회

할 수 있는 슬로프나 엘리베이터가 있었지만 두 다리가 자유로웠을 때에 비하면 몇 배의 시간이 걸렸다.

대학도 마찬가지다.

우선 통학이 문제였다. 지하철을 타려면 사전에 역에 전화를 해서 안전 발판을 깔아달라고 예약해야 한다. 무사히 학교에 도착해도 무수한 턱과 계단이 갈 길을 방해한다. 특히 강의실 건물 앞에 있는 계단은 불과 몇 개뿐이지만 만만치 않은 상대였다. '강의 시작종이 울릴 때 이 계단을 성큼성큼 뛰어 올라갈 수만 있다면 지각하지 않을 텐데' 하고 얼마나 아쉬웠는지 모른다.

다른 학생에게 휠체어를 들어달라고 부탁해본 적도 있었다. 그는 휴학을 한 터라 주위는 한 학년 아래 후배들로, 아는 사람은 보이지 않았다. 순간, 그들의 얼굴에서 귀찮아하는 표정을 읽을 수 있었다. 그렇게 해서 그는 차츰 학교에 가지 않게 되었다.

이대로는 안 된다.

머리로는 알고 있지만 외출은 너무 귀찮은 일이었다. 게다가 나가면 반드시 누군가에게 민폐를 끼쳐야만 했다. 그러면 움직일 수 없는 자신에게 화가 난다. 상황은 앞으로도 똑같을 거라고 생각하니 한없이 우울하기만 했다.

무엇보다, 하고 핸드림(휠체어 바퀴 바깥쪽에 있는 원형의 금속테)을 밀며 생각한다.

'이 바퀴로는 절대 산에 오를 수 없다.'

이동수단으로 바퀴가 널리 사용되는 이유는 알고 있었다. 마찰이 적어 조금만 힘을 들여도 움직일 수 있다. 그래서 휠체어는 힘이 약한 어린이나 노인도 사용할 수 있다. 그러나 그것도 노면이 평평할 때뿐이다. 급경사나 턱이 진 곳, 하물며 암벽은 불가능한 일이다.

'두 번 다시 그 파란 돔을 볼 수는 없겠지……'

그렇게 생각하니 이제 학교 따위는 어찌되든 상관없었다.

그날은 퇴원 후 몸 상태를 확인하는 종합병원의 외래 예약 날이었다. 병원에 가는 건 덜 부담스럽다. 현관 초입부터 휠체어 사용자를 배려하는 구조라 문제가 없다. 직원 모두가 휠체어 다루는 방법을 잘 알고 있어서 문제가 생기면 언제든 달려와 도와준다.

번호가 불리고 진찰실에 들어갔을 때, 그는 조금 놀랐다. 여느 때처럼 마른 몸에 지친 표정을 한, 까다로워 보이는 중년의 외래 담당의가 아니라 동그란 얼굴에 피부가 하얀 낯선 의사가 미소를 띤 채 앉아 있었다. 젊다. 자신과 열 살 차이도 안 날지 모른다.

"이번 주는 선생님이 학회에 가셨어요. 제가 대신 진료를 봅니다."

젊은 의사는 자기소개를 한 후, 주의 깊게 그를 촉진했다. 담당의는 청진기조차 대지 않았는데. 전문직다운 건조한 손으로 열심히 몸을 누르고 문지르는 걸 보면서 그는 지금의 고민을 말하고 싶어졌다. 젊은 의사는 맞장구를 치며 환자의 호소에 귀를 기울였다. 그리고 이렇게 말했다.

"아직 판매되지 않는 최신형 휠체어 임상시험이 있는데 한번 시도해 보실래요?"

의사는 캐비닛에서 자료를 꺼내 그에게 건넸다.

표지의 사진을 보았다. 눈을 크게 떴다.

"이, 이게 휠체어예요?"

신선하다. 멋있다.

"휠체어라는 호칭이 맞지 않을 수도 있어요. 판매 시작 전까지 제조사가 적절한 상품명을 붙이겠죠. 아무튼 리스크를 설명하면."

기존의 휠체어에 비해 조작이 어렵다. 상당한 근력이 필요하다. 그래서 젊고, 다소의 위험을 두려워하지 않는 모니터를 찾고 있다.

그는 바로 결정했다.

"하겠습니다."

위험 따위 대수롭지 않다. 3,000미터 높이의 산을 오르는 것에 비하면.

2년 후.

그는 등산로 입구에 서 있었다. 초등학생 때 처음 올랐던 바로 그 웅장한 산이다. 그는 최근 2년간 바이오닉스·테크니카 사(社)의 전속 모니터 겸 광고탑으로 활약했다. 바로 지난달에도 도심에 있는, 일본에서 가장 높은 전망대까지 약 2천5백 개의 계단을 오르는 데 성공했다. 그 모습은 생중계되어 많은 호평을 얻었다.

그리고 오늘, 마침내 그는 산에 돌아왔다.

그의 몸을 받치고 있는 최신형 휠체어는 엄밀히 말하면 휠체어가 아니다. 일반적인 네 개의 바퀴 대신 관절로 자유롭게 움직이는 여덟 개의 다리가 있다. 거미를 본뜬 이 의자의 상품명은 '스파이더 체어'다. 동력은, 조작자의 근력과 그것을 보조하는 초경량 배터리다. 비상시에는 완전 수동으로 조작할 수 있는데 상체의 근력만으로 자신과 체어의 무게를 감당해야 하기 때문에 그에 맞는 체력이 필요하다. 이 체어는 타는 사람을 가려서 아무나 사용할 수 없지만 등산인은 무거운 짐에 익숙한 사람이다.

처음 이 산을 올랐던 날처럼 초여름이 코앞까지 다가왔음을 실감하는 따뜻한 날씨였다. 가족 동반의 나들이객과 소풍 온 초등학생들이 그를 돌아본다.

"와, 거미 형이다."

"맞아, 지난번에 스카이트리(도쿄에 있는 634미터 높이의 전파탑 — 옮긴이)를 계단으로 올라간 사람이야."

"직접 본 건 처음이네. 정말 멋있다."

"저기 봐. 손, 흔들어."

젊은 아빠에게 안긴 어린아이가 작은 손을 흔든다. 그는 쑥스러워하면서도 아이에게 손을 흔들어 보였다.

장비를 확인한다. 지도, 나침반, 우비, 견과류와 초콜릿의 행동식(등산 중에 영양 공급을 위해 먹는 휴대 식량), 스포츠 음료, GPS 기능이 있는 휴대전화, 구급상자, 헤드램프. 등산 계획서는 이미 제출했다. 모자 정면에는 소형 비디오카메라가 달려 있어서 영상을 실시간으로 바이오닉스사 영상실로 보낸다. 마지막으로 체어의 배터리를 확인했다. 초록색 기다란 바bar가 100퍼센트 충전을 나타내고 있다.

가자!

여덟 개의 다리가 살아 있는 생물의 다리처럼 부드럽게 움직여 그의 몸을 이동시킨다. 등산로 입구의 통나무 계단과 바윗길도 무리 없이 통과한다. 길게 이어진 계단과 울퉁불퉁한 지면은 이미 경험했지만 그건 도시에서의 이야기다. '산에서 절대라는 것은 없다'는 산악 격언이 있다. 아무리 낮은 산이라도 예측하지 못한 사태가 발생할 수 있다.

오랜만의 등산은 예상보다 순조로웠다. 도중에 몇 번 휴식을 취하고, 지나가는 사람들과 인사도 나누면서 정상 직전의 험한 산길에 도착했다. 거리는 짧지만 경사가 매우 가파르다. 정확히 바위를 잡고 삼점지지(三点支持, 암벽 등반에서 두 팔과 두 다리 가운데 하나만 이동시키고 나머지 셋은 반드시 손을 걸 곳과 발판을 확보하는 방법 — 옮긴이)를 확실히 지켜야만 통과할 수 있다. 첫 바위에 오른손을 걸려던 그때,

"낙석!"

낙석 주의를 알리는 소리가 위쪽에서 들려왔다. 올려다보니 그의 머리 위로 주먹만 한 돌이 날아왔다. 슬로모션으로 보였다. 순간 섬뜩했다. 만일 저 돌이 머리에 바로 맞으면…….

아니, 각도 상으로는 자신에게 떨어지지 않는다. 그러나 분명 뒤에는 아이가 있는 가족이 있다!

앞으로 뻗으려던 오른손으로 재빨리 모자를 잡았다. 그리

고 높이 치켜올렸다. 느리게 허공을 나는 돌이 카메라 쪽으로 다가왔다. 돌은 멋지게 모자 속으로 들어갔다. 상체의 갑작스런 움직임을 여덟 개의 다리가 완벽하게 지탱했다.

"와!"

"정말 멋진 그림이었어."

바이오닉사 영상 담당자들이 대형 화면 앞에서 허공을 향해 주먹을 치켜들었다.

"고맙습니다."

"감사합니다, 덕분에 살았어요."

아이 부모의 감사 인사에 쑥스러웠다. 하지만 기분은 좋다. 그는 다시 바위에 손을 걸어 정상으로 향했다.

드디어 이곳에 섰다.

그는 시야를 가리는 그 무엇도 없이 뻥 뚫린 드넓은 풍경에 몸을 드러냈다. 강한 바람, 펄럭이는 겉옷, 넓은 초록의 평야와 멀리 눈에 들어오는 대도시, 그리고 머리 위에는 파란 돔.

휴대전화 전원을 켜고 본사와 통화를 시작한다.

"정상에 무사히 도착했습니다."

"기분은 어때요?"

"최고예요!"

웃음이 새어나온다.

그렇다, 최고다. 이 경치를 맛보기 위해 지금까지 끝없이 노력해오지 않았는가.

"스파이더 체어로 등산하는 건 어떤 느낌일까? 솔직한 감상을 말해줘요."

아마 이 대답은 광고에 사용될 것이다.

긴장했는데, 푸르른 하늘을 보자 좋은 답이 떠올랐다.

"등산화 관리를 하지 않아도 되는 게 가장 좋아요."

큰소리로 웃었다. 통화하는 스태프들도 따라 웃었다. 그들의 웃음소리가 파란 돔에 끝없이 울려 퍼졌다.

기타노
유사쿠

EPISODE 5

안장 위에서

현실의 도로와 똑같을 뿐 아니라

사고思考를 도와줄 수 있는 풍경과 장소와 이동을

이 가상공간 안에 설계해봤어요.

과연 그것이 성공할지 어떨지는 지금부터 직접 시험해보세요.

네, 보시다시피 자동차입니다.

아, 약간 의외인가요? 그럴 수도 있죠. 사실 '새로운 이동'이라는 느낌은 아닐 겁니다.

네, 운전 방식도 일반 자동차와 똑같습니다. 원하면 자율주행도 가능하고요. 이것도 일반 자동차와 같죠.

직접 운전하고 싶으시죠? 그럴 거예요. 알죠, 알죠. 그런 것은 대충 분위기로 알아요. 오래 하다 보면 저절로 알게 되죠. 그분의 취향이랄까, 타입이랄까 그런 거요. 이것도 축적이란 걸까. 아뇨, 분석이나 해석, 그런 느낌은 아니에요. 뭐, 육감 같은 거죠.

얼굴 생김새나 동작, 어투, 아니, 뭐랄까 전체적인 느낌이랄까. 그래요, 간단히 언어화할 수 있는 것은 아니지만 확실히 알아요. 알 수 있게 됐어요.

아, 그런 느낌에 가까울지 모르겠네요. 숙련공이 기계도 알아내지 못하는 미세한 불량을 발견한다거나 사람의 한계치보다 높게 조정되었을 기계보다 뛰어난 정밀도의 가공을 해내는 그런 거요. 그것도 물론 학습이긴 하지만요. 그래도 이것과 이것, 또 이것을 하면 할 수 있게 된다 하는 그런 종류는 아니죠. 오랜 세월 그 일에 매달려오면서 언어화나 수치화할 수없는 감각이 키워진 게 아닐지. 그런 것은 매뉴얼로는 무리죠.

옛날에 '기술은 훔쳐라'라는 말이 있었대요. 물론 지금은 그럴 수 없죠. 하지만 그런 낡은 방식을 대신할 방법도 고안되었어요. 그런데 낡고 고루하다고는 하지만 거기에도 일리는 있다고 생각해요. 음, 단순히 배우기만 하는 태도로는 습득할 수없다고 할까.

아, 이건 정신론이나 근성론이 아니에요. 정해진 것만 받아들이면 딱 그만큼의 정보만 입력되죠. 주는 것만 받아들여선안 된다, 많은 것들 가운데 스스로 찾아서 흡수해라, 그런 의미가 아닐까 싶어요. 그렇게 해서 얻은 것을 시간을 갖고 자기안에서 키워가는 것은 정말 중요하죠. 똑같은 것을 하기만 해도 된다면 좋지만 그게 아니니까요. 적어도 이곳은 그렇지 않아요.

지금 있는 곳에서 다음, 또 그 다음을 목표로 하지 않으면 안 돼요. 아, 안 된다고 말하는 것도 좀 이상한가. 그러니까, 목표로 하고 싶어요.

그런 욕구를 가진 사람이 모인다. 거기서 기쁨을 찾는다고 할까.

아, 이런 이야기, 따분한가요?

네? 기술을 훔치는 것만으로는 안 된다는 이야기의 다음이 궁금하다고요?

음, 그러니까 그것으로는 효율이 나쁘기도 하고 거기까지 할 수 있는 사람은 한정적이죠. 또, 시간도 걸리고요. 그렇게 되면 사람이 쉽게 성장하지 못하는 상황이 되어버리죠.

그럼 어떻게 해야 할까?

그걸 위해서 여러 방법을 고민했죠. 이것 역시 기존의 방식이 아니라 그 앞을 생각하자는 태도로요. 정말 많이 생각하고 시행착오도 한 것 같아요. 그렇지 않으면 그런 방법은 떠올릴 수 없죠. 그렇게 생각해요. 그래서 여기 있는 나도 성장했고요. 만약 기존의 방식이었다면 도중에 탈락했을 거예요. 왜냐하면 훔치는 게 안 되잖아요. 아니, 이건 변명이 아니라 그런 식으로 되어 있거든요, 나는.

아이고, 이야기가 또 샛길로 빠졌네. 이건 성격이니 이해해

주세요. 정해진 길에서 살짝 벗어난 곳에 가고 싶어 하거든요. 이런 성격도 그래서 생긴 걸지 모르겠어요.

네네, 다시 본론으로 돌아가죠, 돌아가.

기존의 방식을 대신한다, 그 방법이었죠.

이것이 꽤 대단한 역전의 발상인데요.

음, 나도 처음 들었을 때는 뭔가 잘못된 게 아닌가 싶었어요. 그렇게 생각할 수밖에 없었죠.

보통은 올바른 방법을 알기 쉽게 정중히 가르치는 것을 생각하잖아요. 올바른 방법을 얼마나 정확히 효율적으로 가르치나.

그게 달라요.

그럼 어떻게 하느냐.

틀리게 하는 거예요.

틀린 방법으로 시키는 거죠.

그러니까, 가령…….

일의 차례나 공작기계의 설정 같은, 그런 과정에 자주 저지를 만한 실수를 끼워 넣어요.

당연히 실수하죠. 뜻대로 안 돼요. 당연하죠, 방법이 틀렸으니까.

들은 대로 하면 꼭 문제가 생겨 실수를 하죠.

그래서 어디가 틀렸나, 무엇이 잘못됐나 하며 문제가 생기는 원인과 그것을 제거하는 방법을 찾게 해요.

그냥 가르쳐주지 않아요. 스스로 찾게 해요.

뭐, 필요에 따라서 약간의 조언 정도는 해줄 때도 있지만.

아무튼 스스로 찾게 해요.

그것이 눈과 머리와 손의 능력을 키우게 하죠.

그게 다가 아니에요.

이 방법은 스스로 해결법을 찾는 힘을 갖게 할 뿐 아니라 생각하지 못했던 답을 발견하게 할 때도 있어요.

그런 방법이랄까, 실제로 아이디어가 여러 개 생겼어요. 신입이 베테랑은 생각하지 못한 방법으로 더 멋지게 문제를 해결해버리죠. 그것을 다시 베테랑이 개량하고. 그런 예상 밖의 루프가 만들어져요.

네, 사실은 이것도 그거예요. 지금 당신이 체험하는 이거요.

정말 운전하는 것 같을 거예요.

그러나 이건 전부 이 차체의 앞 유리와 창에 투영되는 영상이에요. 예전에는 커다란 고글 같은 걸 착용했는데 더 이상 그런 것은 필요 없어요. 그래요, 이 차체는 아까부터 움직이지 않고 있어요. 가속을 체험할 수 있게 몇 미터는 앞뒤로 움직이긴 하지만. 그 정도일 뿐이지 기본적으로는 같은 장소에 있어요. 어때요. 이런 말을 들어도 당신은 정말로 차를 운전하는 것처럼 느껴질 거예요.

네, 창문이 열리고 바람이 들어오죠. 그것도 가짜예요. 창문이 열리는 영상, 거기에 맞춰 팬으로 바람을 일으키죠. 물론 햇빛도요. 아, 비가 내릴 때도 있어요.

이렇게 말해도 진짜처럼 보일 겁니다.

네? 아아, 네, 알아요, 알아. 모처럼 진짜가 아니니까, 진짜랑 똑같은 것 말고 현실에는 없는 뭔가가 있으면 좋겠다는 바람. 하늘을 난다거나 하는.

지극히 당연한 말입니다.

네, 물론 그런 것도 가능해요. 그런데 이 시스템의 가장 큰 목적은 약간 달라요.

아까 말했죠.

'스스로 생각해서 답을 내라'입니다.

나는 그렇게 배웠어요.

그래서 고민했죠. '어떻게 하면 잘 생각할 수 있을까' 하는 걸 내 나름대로.

이리저리 알아보던 중에 '삼상三上'이라는 말을 알게 되었어요.

삼상이 뭔지 아세요?

침상枕上, 안상鞍上, 측상厠上.

그렇게 세 가지예요.

옛날부터 이 세 가지가 생각을 떠올리거나 발효시키는 데 가장 좋은 환경이라고 해요.

침상, 즉 잠자리에 누워 잠들기 전까지의 시간.

측상, 이건 화장실이에요. 용변을 보는 그 시간.

안상, 이건 말에 얹는 안장 위. 그러니까 말을 타는 시간.

이들의 공통점은 달리 하는 것 없이 어느 정도 신체가 구속되어 있고 동시에 혼자라서 자유롭다는 겁니다. 누구의 방해도 받지 않죠.

당장 나도 해보자고 생각했어요. 하지만 침상도 측상도 나에게는 무리예요.

그래요, 나는 AI니까요. 육체가 없죠.

그래서 남은 것이 안상이에요. 지금으로 말하면 차를 타고 이동하는 시간이 아닐까.

너무 자극이 있어선 안 돼요. 그럼 생각을 할 수 없으니까. 늘 달리는 익숙한 길이요.

아니, 그런데 그것도 말에 비해선 위험해요. 아무리 익숙한 길도 여러 가지 생각을 하며 운전하는 것은 위험하죠. 그럼 가상공간에서 하면 되지 않을까.

그래서 만들어본 것이 이거예요.

이거라면 나도 자동차를 운전할 수 있다, 게다가 생각을 해도 안전하다.

몸은 그 자리에서 움직이지 않는다. 하지만 사고는 자유롭게 이동할 수 있다. 구속되어 있는 그 장소에서 다른 장소로 사고를 이동시킨다. 그것을 도와주는 환경이에요.

말하자면 새로운 안상인 거죠.

물론 내가 사용할 수 있으니까 사람도 사용할 수 있어요.

이것이 지금껏 많은 것을 가르쳐준 데 대한 작은 보답이 되었으면 좋겠어요.

그래요. 이것이 '새로운 이동'을 생각한다는 출제에 대한 나의 대답입니다.

이제 그만 말해야겠어요.

방해를 받지 않는다는 것은 이 환경이 중요한 요소 중 하나니까요.

아, 그런데 지금 내가 말한 것도 생각의 계기나 재료로 써보세요.

그리고 또 하나.

진짜와 똑같은 것 말고 현실의 자동차 운전에는 없는 요소도 있으면 좋겠다고 했잖아요.

사실은 그것도 프로그램되어 있어요.

현실의 도로와 똑같을 뿐 아니라 사고思考를 도와줄 수 있는 풍경과 장소와 이동을 이 가상공간 안에 설계해봤어요.

과연 그것이 성공할지 어떨지는 지금부터 직접 시험해보세요.

방해가 되지 않도록 나는 사라질게요.

그럼 좋은 이동하세요!

마쓰자키
유리

EPISODE 6

천문학자의 수난

·

이것을 듣는 산소형 지적 생명체 여러분에게.

우리의 지식을 당신들과 공유하려 한다.

만일 이산화탄소가 원인으로 환경문제가 심각해졌다면

그 여분의 탄소를 압축해 가까운 우주 공간에 버리면 된다.

'어떻게 이런 일이…….'

무명의 천문학자는 당혹스러웠다. 테이블 위에는 십여 개의 마이크가 반원 형태로 그를 둘러싸고 있고, 그 너머엔 기자들이 모여 웅성거리고 있다. 눈앞에는 커다란 카메라 렌즈가 그를 노려보고 있다. 생중계가 된다는 말에 진땀이 났다. 코를 타고 점점 미끄러지는 안경을 손가락 끝으로 슥 밀어 올렸다.

보도될 뉴스의 제목은 이미 들었다.

"주립대학 천문학자, 백 광년 떨어진 다이아몬드 행성 발견!"

거짓말은 아니지만 이건 과장된 것이다. 천문학자는 속으로 고개를 가로저었다. 그는 어제 날짜의 온라인판 학술잡지에 실린 논문에서 그 가능성에 대해 언급했다. 하지만 어디까지나 가능성일 뿐이다. 직접 촬영해 얻은 스펙트럼 분석 결과와 도플러 효과(Doppler Effect. 소리를 내는 음원과 관측자의 상대적 운동에 따라 음파의 진동수가 다르게 관측되는 현상), 식현상(Transit. 한 천체가 다른 천체를 가리거나, 그 그림자에 들어가는 현상)으로 추측한 밀도 측정 결과를 종합해 계산했다.

"그 별의 주성분은 탄소로, 현재 고온고압 상황에 있기 때문에 다이아몬드가 되었을지 모른다"라고 짧게 몇 줄 언급한 것이 전부다. 연구자 커뮤니티에서는 별다른 반응이 없었는데 하룻밤이 지나자 매스컴에서 난리가 났다. 대학 회의실 하나가 임시 회견장으로 꾸려졌고 그는 연구실에서 거의 납치되다시피 해서 끌려왔다.

지금껏 소박한 삶을 이어왔다. 이렇게 많은 사람에게 둘러싸여 주목받은 경험은 한 번도 없었다. 강의실은 늘 절반도 차지 않았고 학회 발표 때조차 대부분의 청중이 꾸벅꾸벅 졸기 일쑤였다.

'박사' 기자 중 한 명이 손을 들었다.

"어떻습니까, 앞으로도 이번과 같은 다이아몬드 별이 발견될까요?"

"아, 네. 뭐."

천문학자는 한 손으로 이마의 땀을 닦아내며 내친김에 진한 갈색 머리카락을 넘겼다. 눈동자 색깔도 똑같다. 그의 수수함을 상징하는 색이다.

"어디까지나 이건 가능성입니다. 관측기기의 성능이 향상되면 외계 행성은 앞으로도 여러 개 발견될 겁니다. 그중 탄소 행성도 발견되겠죠."

'다이아몬드'라는 말은 일부러 피했다. 현재의 관측 정밀도로는 거기까지 단언할 수 없기 때문이다. 그런데도 매스컴은 흥미로운 부분만 집중해서 골라내고 과장한다.

회견은 끝났다. 기자들의 등을 바라보며 천문학자는 허탈함에 털썩하고 의자에 몸을 기댔다. 회의실 구석의 대형 스크린은 그의 영상에서 다음 뉴스로 바뀌었다. 화면 속 여성은 정부 홍보 담당자답게 당당하고 시원하게 말했다.

"환경보호청의 공식발표입니다. 지구 온난화 정책에 관한 대통령 견해 속보를……."

그러나 이미 너무 지쳐버린 그의 귀에는 다음 내용이 들리지 않았다.

소동은 빠르게 진정되었다. 사흘도 지나지 않아 캠퍼스 안에 보도 관계자의 모습은 그림자도 보이지 않았다. 그렇다, 세상은 변덕스럽고 보도해야 할 뉴스는 넘쳐난다. 초거대 다이아몬드 발견이라는, 세상을 떠들썩하게 만든 핫한 토픽도 사람들에게서 잊힐 때까지 그리 많은 시간이 필요하지 않다.

아무튼 관측 스케줄에 차질이 생기지 않아서 다행이다.

그의 연구실이 있는 물리학동 건물도 평소의 고요함을 되찾았다. 건물 꼭대기에 있는 천문학 층까지 엘리베이터로 이동해 연구실로 들어간다. 좁지만 개인 방이 있다는 것은 고마운 일이다. 사교성이 없어서 좀처럼 사람들을 사귀지 못한다. 집중하면 주위를 의식하지 못하는 타입이란 것도 잘 알고 있다. 세상의 사고방식과 달라 약삭빠르지 못하다는 자각도 있다.

요사이 천문학자들이 연구 대상으로 다루는 것은 초고성능 망원경이 포착한 관측 데이터다. 그의 책상에는 세 대의 컴퓨터가 작동 중이다. 그중 연산처리 능력이 가장 높은 것을 제일 중요한 분석 작업에 사용했다. 그는 회전의자에 앉아 화면을 쳐다보았다. 작은 창에 계산 중임을 알리는 표시가 떠 있다. 아직 한참 더 시간이 걸릴 것 같다. '무리도 아니지' 하고 천문학자는 생각하며 한쪽 팔꿈치를 책상 위에 걸쳐 놓았다.

예의 탄소별을 포함한 외계 행성에는 기묘한 점이 있다.

현재의 행성 형성론에 의하면 행성계는 보통 주성主星이 되는 행성과 세트로 생겨난다. 회전하는 가스운(가스들이 조밀하게 모여 있어 구름처럼 보이는 것)이 중력에 의해 수축해서 주성과 행성이 생긴다. 친근한 예로 말하면 그들은 가족이다. 그래서 조성組成도 비슷한 게 보통이다. 우주에 존재하는 원소량은 가장 가벼운 수소와 헬륨을 제외하면 산소와 탄소가 쌍벽을 이룬다. 태양계에서는 물과 규산염 광물의 풍부함이 보여주 듯이 산소가 우세하다. 예의 외계 행성계도 주성을 포함해 전체적으로는 산소가 풍부한 조성이라는 분석 결과가 나왔다. 그런데 어째서인지 하나의 별만 이상하게 탄소가 풍부하다.

있을 수 없는 일이다. 정설을 재검토해야 할까, 아니면……

그는 나머지 두 대의 컴퓨터로 작업을 이어갔다. 정설의 쇄신일까, 아니면 지금 메인 컴퓨터가 분석하는 결과가 무언가를 말해줄까. 어느 쪽이든 엄청난 논문을 쓸 수 있을 것이다. 몸 깊은 곳으로부터 전율이 느껴졌다. 수수께끼의 답을 알아내는 것이야말로 그가 인생을 걸고 도전하는 기쁨이었다.

그때, 문을 노크하는 소리가 들려왔다.

천문학자는 깜짝 놀라 컴퓨터 화면에서 등 뒤로 시선을 돌렸다. 벽시계는 이미 한밤중임을 알리고 있다.

'이런, 또 너무 집중한 나머지 시간 가는 줄 몰랐군!'

회전의자에서 일어나 굳어버린 허리를 펴며 문 쪽으로 슬슬 걸어갔다. 손잡이를 잡고, 돌리고, 문을 열었다.

"들어오세요."

한밤중의 손님은 천문학 분야의 동료 중 누구일 것이다. 보통은 그랬다, 그런데…….

"실례."

안으로 들어온 사내는 모델인가 싶을 만큼 키가 컸고, 금발머리에 눈동자는 파랬으며, 번듯한 양복 안쪽에는 빨간 바탕에 금실로 모양을 낸 넥타이를 맸고, 구두코가 반질반질 윤이나는 가죽구두를 신고, 오른손에는 은색으로 빛나는 얄팍한 서류가방을 들고 있었다. 사내는 천문학자의 성과 이름을 부르며 확인하더니 갑자기 본론으로 들어갔다.

"박사, 연구를 그만 멈춰요."

천문학자는 멍하니 입을 벌렸다. 이 멋진 사내가 대체 무슨 말을 하는 거지.

"다시 한 번 말하죠. 연구를, 멈춰요. 알겠어요?"

모델 같은 멋진 외모의 사내는 초등학생을 타이르듯 천천히, 분명한 어조로 단어를 끊어서 발음했다. 동부의 세련된 억양이었다.

"왜, 왜죠?"

겨우 목소리를 끄집어냈다.

"대체, 왜? 이유가 뭐요?"

어떤 상황에서도 수수께끼의 답을 알고 싶은 것이 연구자의 습성이다.

상대는 한쪽 입꼬리를 슥 올려 웃더니 손님용 의자로 다가가 앉았다. 서류가방은 바닥에 내려놓았다.

"알고 싶어요, 꼭?"

천문학자는 고개를 끄덕였다.

"그럼 설명하죠."

금발의 사내는 의자에 등을 기대고 긴 다리를 꼬았다. 이곳에 처음 온 사람 같지 않은 편안한 자세다. 이 자는 분명 언제어느 장소에서든 그럴 것이다.

"문제는, 지난번 박사의 논문이에요. 그 다이아몬드 별에 대한 논문."

역시 그건가? 하마터면 한숨이 새어 나올 뻔했다.

"그게 뭐 어쨌다는 거요? 소동은 이미 끝났소."

"곤란해요, 당신이 그런 연구를 계속하면."

사내의 파란 눈이 날카로워졌다.

"우리는 다이아몬드를 자산의 안전 피난처로 소개하는 서비스를 하고 있어요. 주요 고객은 제3세계의 부유층이죠. 현금은 인플레이션에 약하고 주식도 금융위기에는 이겨낼 재간이 없어요. 전쟁과 혁명이 일어나면 부동산 역시 어떻게 될지 모르죠. 반면에 다이아몬드는 수많은 자산류 가운데 가장 뛰어난 안전성을 자랑해요. 왠지 알아요?"

"경도硬度가 가장 높은 물질이라서?"

"그건 공업용으로 쓰이는 인공 다이아몬드의 경우죠. 이건 천연 다이아몬드에 한정된 이야기예요."

상대는 '천연'에 힘을 주어 발음했다.

"다이아몬드도 금이나 석유처럼 천연자원이지만 다른 것에는 없는 한 가지 특징이 있죠. 지구상에 있는 다이아몬드 광산은 이미 전부 발견돼서 천연 다이아몬드의 총량이 증가할 일은 앞으로 있을 수 없다, 그랬었죠."

"그러니까 내 연구 때문에 다이아몬드의 희소성이 떨어져서 당신들 사업에 영향을 준다는 거요?"

"역시 이해가 빨라."

사내는 마치 연기하듯 과장된 몸짓으로 손가락을 튕겨 '딱!' 소리를 냈다.

"다행히 이번 소동은 바로 수습되었지만 앞으로 자꾸 다이아몬드 별이 발견되면 곤란해요. 상응하는 보상은 할 테니 이제 그만 연구에서 손을 떼세요."

그는 서류가방을 무릎 위로 올려 가방을 활짝 열고 그 안을 보여주었다. 거기엔 최고액의 지폐로 빽빽이 채워져 있었다.

천문학자는 눈을 크게 뜨고 그것을 바라보았다. 그리고 의

심했다. 신용카드 시대에 이 정도의 현금을 휴대하다니. 카드를 쓰지 않는, 아니 쓸 수 없는 어떤 사정이 있는 걸까.

상대의 파란 두 눈은 더 위협적으로 번득였다.

"어때요?"

목소리에도 힘으로 누르듯 위협이 더해졌다.

그러나 천문학자는 고개를 가로저었다.

"아니, 돈은 필요 없소. 연구는 나에게 목숨이나 다름없소. 삶의 전부란 말이요. 연구를 중단하느니 차라리 여기서 죽는 게 낫소."

진심이었지만 그렇게 내뱉고 나니 곧 '아차' 싶었다. 이래서는 마치…….

"그래요? 그렇다면야."

상대는 서류가방을 닫고 양복 안주머니에 손을 넣었다. '깨끗이 없애드리지' 하는 흐름을 유도한 셈이 되어버렸다.

낭패다. 천문학자는 한 발자국 뒤로 물러섰다. 그때였다.

"잠깐만!"

날카로운 외침과 함께 갑자기 천장의 널빤지가 활짝 열렸다. 그런 곳이 열릴 줄 몰랐던 천문학자는 순간 너무 놀라 심장이 멎을 뻔했다. 머리부터 발끝까지 온통 시커먼 인간 한 명이 천문학자와 금발 사내 사이로 사뿐히 내려왔다. 얼굴을 달라붙는 검은 두건으로 감추고는 번들거리는 두 눈만 빼꼼히 드러났다. 눈매와 검은 옷으로 감싼 몸의 실루엣으로 보아 갑자기 뛰어든 사람은 젊은 여성 같았다. 상당히 매력적인 분위기가 감돌았다.

'오, 구원의 천사가 나타났다!'

무신론자인 그는 처음으로 신에게 감사했다. 천사치곤 너무 검었지만 이런 상황이니 별 상관은 없으리라.

그런데 하늘에서 내려온 구원자라고 생각했던 인물은 허벅지에 두른 가죽 벨트에서 초소형 권총을 꺼내 정확히 그의 코끝을 겨눴다. 그리고 금발 사내를 돌아보았다.

"이 자의 목숨은 내 거야. 방해하지 마."

'아니? 이건 또 무슨 일이람!'

프라이팬에서 튀어나와 불 속으로! 눈앞엔 악마, 등 뒤에는 깊은 바다가 나타난 꼴이었다.

천문학자는 너무 놀라 두 손을 어깨까지 들어 올렸다.

"잠, 잠깐. 내가 당신에게 무슨 짓을 했다고 이러는 거요? 난 당신을 만난 기억도 없는데! 이렇게 죽을 만큼 원한을 살 일은 하지 않았단 말이오!"

"이유를 듣고 싶어?"

상대는 무기를 움직이지 않은 채 낮은 목소리로 말했다.

진땀을 흘리며 필사적으로 고개를 끄덕였다.

"아, 나도 듣고 싶어."

금발 사내가 천진난만하게 말했다.

"사정에 따라서 그 남자를 넘겨주지. 나야 그가 사라져주기만 하면 되니까."

검은 천사는 천문학자를 증오에 찬 눈빛으로 쳐다보았다. 눈동자는 우주처럼 새까맸다.

"당신의 그 다이아몬드 별 때문이야."

또 그건가? 그는 어깨를 툭 떨구었다. 정말 저주받은 논문이 아닌가!

"난 도둑이야."

총구는 여전히 천문학자를 노리고 있다. 이렇게 절박한 상황은 난생 처음이다.

"들어봤을지 모르겠는데 내 별명은 블랙 캣이야."

"앗! 그 유명한, 초대형 다이아몬드만 전문으로 터는 괴도 말이야?"

금발 사내가 소리쳤다.

천문학자가 고개를 갸웃거리자 사내는 어처구니없다는 듯 부연설명을 했다.

"정말 모르는 거요? 원, 학자 선생들은 정말 이렇다니까. 얼마 전에도 석유 왕이 갖고 있던 세계에서 세 번째로 큰 핑크 다이아몬드를 훔쳐서 빅 뉴스가 됐는데."

그렇게 말해도 그는 텔레비전을 전혀 보지 않아서 모른다.

"아무튼."

괴도의 목소리가 떨렸다.

"나의 라이프 워크는 세상에서 가장 큰 다이아몬드를 손에 넣는 거야. 그런데 당신은 우주 제일의 다이아몬드가 저 멀리 백 광년이나 떨어진 곳에 있다고 증명해버렸다고! 이제 내 꿈은 절대 실현될 수가 없게 됐어! 이 억울함은 어떻게 하지? 그래, 당신 목숨으로 치러야 할 거야."

"뭐라고? 아, 그런 진지한 이유라면 뜻대로 하셔."

금발 사내는 시원하게 웃으며 의자에서 일어나 방 한쪽 구석으로 이동했다.

"필요하다면 내가 도와줄 수도 있어" 하고 총을 꺼냈다.

"도움 따윈 필요 없어."

괴도는 총의 안전장치를 풀었다.

"자, 자, 잠깐. 그 별은 탄소가 풍부하다는 것만 알았을 뿐, 엄밀히 다이아몬드인지 어떤지는 아직……."

"자, 그만 떠들고 이젠 각오해."

상대는 천문학자의 말을 들을 의사가 없었다.

'내 삶은 여기까지인가…….'

천문학자는 두 눈을 꼭 감았다. 그때였다.

컴퓨터의 경고음이 요란하게 울리기 시작했다.

"앗, 경보인가?"

당당하던 침입자들은 당황했다. 총구가 흔들렸다. 도망칠 절호의 기회였지만 천문학자는 그렇게 하지 않았다.

"아, 드디어 분석이 끝났군."

천문학자는 급히 책상으로 다가가 회전의자에 앉아 화면을 들여다보았다. 창에 뜬 '결과 읽기' 버튼을 클릭했다. 예의 행성계로부터는 이미 데이터에 섞여 수수께끼의 신호가 보내진 상태였다. 그것을 최신 언어처리 프로그램으로 분석 중이었는데 방금 그 해석이 끝난 것이다. 학자는 그것을 소리 내어 읽기 시작했다.

"이것을 듣는 산소형 지적 생명체 여러분에게. 우리의 지식을 당신들과 공유하려 한다. 만일 이산화탄소가 원인으로 환경문제가 심각해졌다면 그 여분의 탄소를 압축해 가까운 우주 공간에 버리면 된다."

"그래, 그래! 바로 그거야!"

천문학자는 외마디 소리를 질렀다.

"그 다이아몬드 별은 천연물이 아니었어. 인공이었다고!

이건 정말 놀랍군!"

"뭐라고?"

"뭐라는 거야!"

갑자기 쳐들어온 침입자들이 동시에 외쳤다.

"그럼 그렇지" 하고 천문학자가 돌아보았다.

"무슨 말이야, 그럼 천연이 아닌 건가?"

"흠, 그럼 아무 가치도 없는 거잖아."

그들은 각자 무기를 챙겨 들고 황급히 등을 돌려 밖으로 나가려 했다.

'어? 그, 그냥 가는 건가?'

천문학자는 기가 막혀 두 사람을 쳐다보았다. 먼저 괴도가 나가고 금발 사내가 서류가방을 챙겨 뒤따라 나갔다.

"박사, 그 결과는 꼭 매스컴을 통해 대대적으로 발표해요. 알겠지?"

사내는 떠날 때, 거듭 당부를 하며 문을 닫았다.

천문학자는 어깨를 으쓱하고는 의자를 돌려 화면을 바라보았다. 아슬아슬하게 목숨을 구한 사실조차 순식간에 잊어버렸다.

'아, 이 얼마나 엄청난 일인가……. 드디어, 외계 생명체로부터 메시지를 받은 건가! 그런데 이거, 다이아몬드 별 따위

보다 훨씬 더 중요한 것이 아닌가? 아, 정말 알 수 없군. 역시 내 감각은 세상과는 다른 것이란 말인가……'

오타
다다시

라플라스 남매

·

아버지, 어머니가 교통사고로 돌아가신 곳을 다시는

교통사고가 일어나지 않는 상태로 만들어버리는 거야.

이거야말로 우리가 바라는 거잖아?

네, 나는 이곳 아이치현 누카타군 출신입니다. 내가 태어났을 무렵에는 조용하고 한적한 곳이었어요. 자동차 관련 공장이 몇 개 있는 정도였죠. 자연도 적당히 남아 있었고요.

　나는 부모님이 사준 인형이나 소꿉놀이 장난감을 갖고 노는 것에는 전혀 관심이 없었고, 인형을 구성하는 소재의 차이나 완구의 구조에 대해 조사하는 것을 더 좋아했습니다. 그때부터 나는 별난 아이였나 봐요.

　아버지는 양조장을 경영하셨어요. 그 당시에도 개인이 하는 곳은 드물었죠. 종업원을 쓸 여유가 없어 늘 어머니가 일을 도왔어요. 언제나 두 분은 경트럭으로 배달을 다니셨는데, 어느 날 교통사고로 두 분 모두 돌아가셨습니다.

　맞은편에서 오던 차가 중앙선을 넘어 그대로 돌진했죠. 트

럭은 심하게 부서졌고 부모님은 즉사하셨어요. 경찰은 상대 운전자의 음주운전 사고였다고 밝혔지요.

당시에 나는 9살, 오빠는 13살이었어요. 오빠도 어린 나이였지만 부모님의 상주 역할을 해내야 했던 거죠.

나는 슬퍼서 '엉엉' 소리를 내며 큰소리로 울었는데, 오빠는 끝까지 울지 않았어요. 그런 오빠를 보고 '오빠는 슬프지 않은 걸까, 아빠 엄마가 죽었는데 어떻게 아무렇지 않지?' 하고 이상하게 생각했어요.

그런데 장례식을 마치고 부모님의 유골함을 막 불단 앞에 놓았을 때 오빠가 이렇게 말했어요.

"나는 반드시, 교통사고가 한 건도 일어나지 않는 세상을 만들 거야."

오빠의 그 단호한 얼굴이 지금도 생생하게 기억납니다. 그 순간, 나도 결심했죠. 오빠와 함께 교통사고 없는 세상을 만들 거라고.

그 후로 우린 어떻게 해야 교통사고를 없앨 수 있을지 계속 고민했어요. 술을 마시면 차를 운전할 수 없도록 만들면 될까? 아니, 음주운전만은 아니에요. 인간은 여러 가지 이유로 사고를 일으키죠. 인간이 인간인 이상 사고의 원인을 모조리 없앨 수는 없어요.

그렇다면 절대로 사고를 일으키지 않는 차를 만들면 되지 않을까? 그거라면 어떻게든 되겠다 싶어 차의 구조부터 생각 해보기로 했어요. 책을 읽고, 인터넷으로 검색도 하고, 선생님 께도 물어봤죠. 사실 학교 선생님은 거의 도움이 안 됐지만.

큰아버지의 원조로 중학교와 고등학교에 진학하면서도 우 리는 연구를 계속했어요. 그러다 문득 깨달았던 거예요. 자동 차 자체의 개량만으로는 부족하다는 사실을요. 완전히 사고 를 없애려면 도로와 그 위를 달리는 차의 움직임 자체를 바꿔 야만 했어요. 즉, 새로운 교통 시스템을 구축해야 한다는 결론 에 이르렀지요.

그래서 대학에서는 교통 시스템 공학을 전공했어요. 그러 나 공부를 계속할수록 실망할 수밖에 없었어요. 현재 상태로 는 교통사고를 줄이는 노력은 할 수 있어도 아예 한 건도 일어 나지 않게 만드는 것은 불가능한 일이라는 걸 알게 됐어요.

그래서 나는 좀 더 연구의 폭을 넓혔습니다. 인간공학, 정보 공학, 심리학, 데이터 사이언스, 그리고 AI까지. 내 목적에 이 용할 수만 있다면 그게 무엇이든 탐욕스럽게 연구했어요. 그 렇게 대학원을 졸업하고, 모교의 조교가 되고, 준교수(우리나 라에서는 부교수 — 옮긴이)가 되었을 무렵 나는 한 가지 이론을 완성시켰어요. 간단히 말하면, 모든 차량의 위치와 방향을 파악해 이후의 움직임을 예측하는 것으로 사고 발생을 예견해서 자동으로 차단하는 거예요.

그 이론의 기본적인 생각은 프랑스의 수학자이자 천문학자인 피에르 시몽 라플라스가 주장한 '라플라스의 악마 Laplace's Demon'와 똑같아요. 우주에 존재하는 모든 물질의 역학적 상태와 힘을 알고 그것을 해석할 수 있는 전지전능한 존재가 있다면 그는 물리법칙에 의해 과거와 현재의 현상을 설명하고, 아직 찾아오지 않은 미래 우주까지 예측할 수 있다는 거죠. 이 가정은 양자역학의 등장으로 부정되었지만 나는 그 악마에 적당한 지위를 주어 현대에 부활시켰어요.

내 이론은 '라플라스 시스템'으로 불리면서 어느 정도 사람들의 관심을 모았습니다. 과학 잡지에 소개되기도 했죠. 어디까지나 실현성 없는 헛된 이론으로서였지만. 현실적으로 그런 것이 가능하다고는 아무도 생각하지 않았던 거예요. 나와 오빠 외에는.

오빠는 나와 다른 접근방식으로 자신의 바람을 이루려고 했어요. 자동차와 교통 시스템이 아닌 사회의 모습을 바꾸려고 했죠. 대학에서 법학을 전공하고 국가공무원이 되었어요. 오빠는 두뇌가 명석했고 사람들을 장악하는 재능도 뛰어났죠. 그 능력을 살려 순식간에 두각을 나타내며 승진을 거듭했어요. 모두가 공무원으로 승진할 수 있는 최대치인 사무차관까지 올라갈 게 틀림없다고 말했어요.

그러나 오빠의 목적은 관료로서 최고의 자리에 오르는 게 아니었죠. 그 정치가의 비서가 된 것도, 정치가가 사망한 후 지역의 지지 기반을 이어받아 입후보한 것도 모두 그 목적을 향한 수단일 뿐이었어요.

의원이 되어서도 오빠는 맹활약했어요. 내가 라플라스 시스템을 구축했을 때, 오빠도 역사상 최연소 국토교통상이 되었습니다. 그리고 새로운 교통 시스템에 대한 자문위원회를 설립해 나를 회원 리스트에 올렸죠. 나는 오빠와 힘을 합해 다른 위원들에게 라플라스 시스템의 유용성을 설명하고 설득해서 찬성하는 사람들을 조금씩 늘려갔어요.

당연히 반대하는 사람도 있었죠. 우리 남매가 사사로운 정으로 자문위원회를 조종한다는 뒷말들도 나왔고요. 사실 그건 그다지 틀린 말은 아니었어요. 우리는 확실히 사사로운 정으로 움직였던 거예요.

자신의 이론에 대해 정당성을 입증하려면 실제로 라플라스 시스템을 작동시켜 보는 것이 가장 효과적이죠. 그렇다고 갑자기 국내에 시스템을 구축할 수는 없어요. 우선, 한 지역을 모델 특구로 지정해두고 그곳의 모든 차량의 위치와 방향, 속도 데이터를 얻을 수 있게 한다, 그곳에서의 성과를 토대로 전국에 확대해서 전개한다……, 그게 가장 좋은 방법이라고 생각했어요. 하지만 특구를 만드는 것도 그리 쉬운 일은 아니에요. 나름의 범위가 필요하고 차량의 수가 너무 많으면 혼란을 피할 수 없기 때문이죠.

그러나 나는 특구에 딱 어울리는 장소를 알고 있었어요. 내 고향인 이곳, 누카타입니다. 여기라면 실험에 딱 어울릴 거라고 생각했어요. 게다가 이 장소를 특구로 하는 데는 개인적인 의미도 있었죠. 본격적으로 오빠와 의논을 시작했어요.

"아버지, 어머니가 교통사고로 돌아가신 곳을 다시는 교통사고가 일어나지 않는 상태로 만들어버리는 거야. 이거야말로 우리가 바라는 거잖아?"

오빠도 찬성했지만 시기를 기다리라고 했죠.

"조금만 기다려줘. 곧 일을 진행시키기가 쉬워질 거야."

그 의미는 반년 후에 알게 되었어요. 오빠는 새 총리로 당선되었습니다.

오빠는 첫 연설에서 이렇게 말했어요.

"이 나라에서 교통사고라는 비극을 완전히 없애야 합니다. 그렇게 하기 위해 나는 대담한 계획을 실행할 생각입니다."

오빠는 그 외에도 여러 가지 개혁을 추진했는데 교통사고

제로 사회의 실현은 그중에서도 가장 핵심적인 부분이었습니다. 교수가 된 나는 시스템 구축을 위해 오빠의 특별 고문이 되어 함께 프로젝트를 진행했죠.

계획했던 대로 누카타군 일대를 특구로 지정하고 시스템을 도입했습니다. 그리고 드디어, 그토록 꿈꾸던 날이 다가왔어요.

그날, 라플라스 시스템 착수식은 성대히 열렸습니다. 나는 중앙관리센터에서 지시를 하고 오빠가 직접 차를 몰아 시스템 가동을 체험하며 라플라스 시스템을 호소하기로 되어 있었어요. 정확히 정오가 되자 나는 시스템 가동을 선언했습니다.

예측대로 아무 일도 일어나지 않았어요. 특구 안을 달리는 자동차와 열차 모두 이전과 변함없이 운행되었죠. 나는 운행 중인 시험용 자동차에 지시를 내렸어요. 연락을 받은 운전사는 일부러 차선을 벗어나 중앙선을 넘어 맞은편 차선으로 침입하려고 시도했어요. 사고는 순식간에 주변에 있던 차들에 전해져 충돌을 피하도록 속도가 제한되었고, 중앙선을 침입한 차는 자동으로 원래 차선으로 이동되어 갓길에 세워졌어요.

곧 순찰차가 도착하고 시험용 자동차가 배제되자 통행은 즉시 회복되었죠.

이어서 몇 가지 실험을 더했습니다. 예상할 수 있는 사고를 의도적으로 일으켜 시스템의 대응을 확인했죠. 결과는 만족

할 만한 것이었어요. 나는 시스템이 정상으로 작동하는 것에 무척 만족했습니다.

그런데 그 순간, 요란하게 경보음이 울려댔어요.

—교통사고 발생. 차량 번호 N53297601.

곧이어 모니터에 민가의 문기둥을 박고 심하게 파손된 차가 나타났습니다. 이어서 운전자 정보가 표시되었죠.

이럴 수가! 쓰러져 있는 사람은 오빠였어요.

즉시 구급차가 출동해 오빠를 병원으로 옮겼지만 이미 너무 늦어버렸죠.

오빠 차의 앞뒤를 달리던 SP(Security Police, VIP를 경호하는 경찰관)의 증언에 의하면 주행 중에 갑자기 오빠의 차가 폭주하더니 민가에 충돌했다는 것입니다…….

젊은 총리의 죽음은 대대적으로 보도되었어요. 나의 라플라스 시스템에 대한 맹렬한 비난과 함께. 오빠는 불완전한 시스템 때문에 사고사했다는 것입니다. 교통사고 제로를 지향한다더니 사람을 죽이는 시스템을 만들어냈다는 비난으로 들끓었습니다.

나는 오빠를 잃은 슬픔과 함께 주위의 규탄 속에 완전히 의

욕을 잃어버렸어요.

'내가 한 일이 잘못된 걸까? 라플라스 시스템은 정말 틀린 걸까? 오빠를 죽인 것은 나일까?'

끊임없이 의문이 솟아올랐죠.

오빠의 뒤를 이은 새 총리는 프로젝트 동결을 지시했습니다. 나는 그렇게 세상으로부터 사라질 수밖에 없었습니다.

모두 라플라스 시스템도 나와 함께 사라져버릴 거라고 생각했어요. 나 자신도 그랬으니까. 그러나 시스템 구축을 도왔던 한 제자의 연락으로 순식간에 상황은 뒤바뀌었습니다.

오빠가 사고를 당했을 때, 누군가 시스템에 침입했던 흔적이 발견됐다는 것이었죠.

그 말을 듣고는 그럴 리가 없다고 생각했어요. 라플라스 시스템은 보안에 만전을 기했기 때문에 해킹이 불가능하거든요. 그러나 직접 확인해보니 확실히 그런 흔적이 남아 있었어요. 분명히 나도 예상하지 못한 보안상의 구멍을 노린 해킹이었습니다.

그러나 누구의 소행인지는 특정할 수 없었어요. 나는 제자들과 함께 좀 더 정보를 수집했습니다. 그러던 중 해커들이 모이는 비밀 SNS에 잠입한 제자 한 명이 라플라스 시스템의 해킹을 자랑하는 사람을 발견했죠. 제자는 교묘한 말로 해커에게 접근해 조금씩 정보를 끌어냈어요. 그는 일류 해커로, 컴퓨터 네트워크를 다루는 실력은 뛰어났지만 빈틈이 많은 허술한 인간이었어요. 우리는 결정적인 증거를 모아 경찰에 신고했고, 해커는 즉시 체포되었습니다.

체포된 해커는 바로 자백했어요. 그를 고용해 라플라스 시스템에 침입시켜 오빠를 죽인 사람은 바로 새 총리였습니다. 오빠를 암살하고 총리 자리를 빼앗기 위해 라플라스 시스템을 이용했던 거죠.

새 총리도 즉시 체포되었어요. 그러나 라플라스 시스템의 신용을 되찾기 위해선 그것만으로는 부족했습니다. 보안을 더욱 철저히 하고 여러 번 실증 실험을 해야만 했죠. 결국, 나는 그것을 해냈어요. 10년이라는 긴 세월 동안 시스템 정비와 사회인지, 그리고 법 정비와 씨름해야만 했어요.

그리고 마침내 오늘을 맞이하게 되었습니다.

하나의 실험지구에서 시작된 혁신은 이 나라 전역으로 퍼져나갔습니다.

오늘, 이 나라에서 교통사고라는 단어는 영원히 사라질 것입니다. 더 이상 아무도 교통사고로 다치지 않고, 죽지 않을 거예요.

앞으로 교통사고로 소중한 사람을 잃는 슬픔과 고통을 겪는 사람은 없을 것입니다.

오늘의 이 기적적인 순간을 사랑하는 아버지와 어머니 그리고 오빠에게 바칩니다.

고기쓰네
유스케

사막의 기계공

·

내가 사는 도시에서 자신의 다리로
걷는다는 것은 있을 수 없는 일이다.
이 도시에서 이동이란 포트를 사용해
파이프 안을 오가는 것을 의미한다.

내가 사는 도시에서 자신의 다리로 걷는다는 것은 있을 수 없는 일이다.

이 도시에서 이동이란 포트를 사용해 파이프 안을 오가는 것을 의미한다. 투명한 파이프 안에서 자동으로 제어되는 포트를 타고 목적지까지 이동한다. 도시 간의 이동에도 포트를 사용한다.

포트는 완전 자동제어 시스템으로 사고는 일어나지 않는다. 교통사고로 수천 명이 사망했던 시대를 생각하면 훨씬 안전하고 편리한 세상이다.

그러나 그런 세상에서 나는 내 다리로 세계를 여행하는 꿈을 꿨다. 사람의 발길이 미치지 않은 세계에 대한 갈망, 이동욕구라는 바람이었다.

나는 자유행로 포트를 집으로 호출해서 가게의 좌표를 입력했다.

직선거리로는 가까울 텐데도 가게까지는 꽤 시간이 걸렸다. 병원행 포트나 공공기관을 왕복하는 포트처럼 우선도가 높은 자율주행 포트에 여러 번 길을 양보했기 때문이다. 이 도시에서는 우선도가 낮은 이동에는 시간이 걸린다.

가게 문을 열고 안으로 들어가자 주인이 반갑게 맞아주었다. 젊은 나이의 주인은 가게 중앙에 있는 나무 책상 위에 물건을 올려놓고 기다리고 있었다.

"할 수 있는 정비는 다 했지만, 어쨌든 골동품이라서요."

그렇게 말하며 주인이 보여준 것은 표면이 거친 은색 금속으로 만들어진 보행 보조기였다. 의족처럼 생긴 이 기구는 다리에 장착해서 사용한다.

자신의 다리로 장거리를 이동하는 일이 없게 된 우리는 이 보행 보조기 없이는 바깥 세계를 여행할 수 없었다. 이 보조기도 지금은 거의 수요가 없어서 신제품은 생산이 중단된 것이다.

나는 오랜 시간을 들여 이 가게의 존재를 알아냈고 간신히 중고 보행 보조기를 손에 넣을 수 있었다.

"동력은 태양광 발전이에요. 전력을 사용하지 않는 구조로

되어 있어서 여행 중에 배터리가 완전히 방전되는 일은 없을 거예요."

가게 주인은 그렇게 설명하며 보조기를 신겨 주었다.

서서히 다리를 움직이자 보조기의 작동으로 다리 근육이 자극을 받아 자신의 다리가 아닌 것처럼 가볍게 내딛을 수 있었다. 이 정도면 어디든 갈 수 있을 것 같다.

"출발 예정은요?"

"내일이에요."

"그렇군요. 최대한 신경 써서 정비는 다 했어요. 그래도 혹시 보조기가 고장 나면 바로 구조신호를 보내세요. 그리고 사막의 도적을 조심하세요."

가게 주인이 말하는 사막의 도적은 도시 주변의 사막에서 나처럼 보행으로 여행하는 사람을 상대로 해서 노상강도 짓을 하는 야만인들이다.

주인의 충고에 고맙다는 인사를 하고 가게를 나왔다.

다음 날 아침.

나는 도시의 출구로 통하는 게이트에 서 있었다. 머리 위로는 이웃 도시까지 이어지는 포트용 파이프가 지난다. 파이프 안을 달리는 포트에서 신기한 듯 이쪽을 쳐다보는 사람들의 모습이 보였다.

눈앞은 온통 모래뿐. 나는 크게 심호흡을 하고 첫걸음을 내디뎠다.

파란 하늘이 끝없이 펼쳐진 사막을 걷는다. 이곳에는 정비된 길이 없다. 그러나 이곳은 아직까지는 인간에 대한 배려가 충분히 남아 있는 구역이다. 내가 가고자 하는 곳은 일반적으로 '권외지역'으로 불리는 구역이다. 수백 년 전 시행된 전국 토지측정에서 인류에게 가치가 없다고 판단된 구역. 그래서 전국 토지측정이 이루어진 이후론 인간의 출입이 없었다. 이곳은 구조신호도 미치지 않는 곳이다.

길게 이어지는 사막 맞은편에 투명한 파이프가 길게 뻗어 있는 것이 보인다. 그 너머에는 세계 최대급 도시가 펼쳐진다. 그러나 나는 도시의 반대 방향으로 계속해서 걸었다.

날이 어두워질 때까지 계속 걷고 나서 쉬기로 했다. 작은 가방에 들어 있는 자동 조립식 텐트를 치고 보행 보조기를 벗었다. 무거워진 다리를 툭 내려놓았다.

다음 날 아침. 잠에서 깨니 텐트 밖에서 뭔가 덜그럭거리는 소리가 났다. 텐트 밖으로 얼굴을 내밀자 낯선 노인이 등을 구부린 채 뭔가를 만지작거리고 있었다. 둘러보니 텐트 입구에 벗어두었던 보행 보조기가 보이지 않았다.

"잠깐, 저기요!"

말을 걸자 노인은 왼쪽 눈에 낀 확대경을 홱 올리며 이쪽을 돌아보았다. 노인의 손끝에는 오른 다리용 보행 보조기가 들려 있었고 왼쪽은 조각조각 해체되어 있었다. 순간, 사막의 도적을 조심하라는 가게 주인의 말이 뇌리를 스쳐 지나갔다.

"멈춰!"

나는 허둥지둥 텐트에서 튀어나와 노인에게서 보조기를 빼앗았다.

노인은 손에 들고 있던 공구를 들이대며 말했다.

"그 보조기로 사막을 건넌다는 건 완전히 자살행위야, 젊은이."

노인은 분해한 보조기 조각을 하나 집어 들었다.

"관절 부분의 태엽에 모래가 들어갔어. 이 상태로 걸으면 반드시 고장 나게 되어 있다고."

"당신은……?"

"믿기지 않겠지만 나는 그 보조기를 만들던 회사의 기술자였네. 설마 아직도 이 녀석을 사용하는 사람이 있을 줄은 꿈에도 몰랐군."

노인은 기쁜 듯 '히힛' 하고 웃었다. 그러고 나서 조각에 박힌 모래를 솔처럼 생긴 작은 도구로 정성스레 털어내기 시작했다.

"이 녀석은 포트가 보급되고 얼마 지나지 않아 만들어졌지. 그 무렵에는 아직 자기 다리로 걷고 싶어 하는 사람도 많았다네. 그런데 차츰 그런 사람들이 줄어들면서 보조기를 만들던 팀은 해체되었어."

노인은 부스럭거리며 신분증명서를 꺼냈다. 거기에는 보행 보조기에 새겨진 제조사의 이름과 같은 회사명이 쓰여 있었다.

"이 녀석을 정비한 건 젊은 기술자지?"

질문에 고개를 끄덕이자,

"지금은 설계도도 남아 있지 않으니 무리도 아니군. 내게 시간을 주면 사막에도 대응할 수 있게 잘 튜닝해줄 수 있는데, 어쩔 텐가?"

노인은 그렇게 말하고는 씩 웃었다.

아무래도 거짓말은 아닌 것 같았다.

"그럼, 좀 부탁해도 될까요?"

"좋아!"

노인은 기쁜 듯이 보조기를 받아들더니 곧 거침없이 해체하기 시작했다.

"당신은 이곳에서 뭘 하시는 거죠?"

"나? 나는 저걸로 세계를 돌아다니며 새로운 기술을 배우고 있네."

노인은 텐트에서 조금 떨어진 곳에 있는 호버크라프트(Hovercraft. 수륙 양용 선박)를 가리켰다.

"이래 봬도 땅속도 달릴 수 있는 모델이라고. 요즘은 자율 주행이 가능해."

노인은 그렇게 말하고는 다시 기분 좋은 듯 웃었다.

그는 익숙한 손놀림으로 보조기의 부품을 조립했다가 다시 해체하더니 부품 하나를 주의 깊게 줄로 깎아나갔다.

한 시간 만에 보조기는 원래 상태가 되었다.

보조기를 착용해보라는 노인의 말에 나는 다리에 보조기를 장착했다. 몇 걸음 걸어보고는 깜짝 놀랐다. 착용감이 완전히 다르다. 보조기는 모래땅에서의 미세한 체중 이동에도 대응하는 듯, 부슬부슬한 모래땅을 걸어도 몸의 중심이 전혀 흔들리지 않았다.

"완전히 다르지?"

노인은 슬며시 웃었다.

"와, 이건 정말 대단해요!"

내가 솔직한 감상을 말하자 노인은 "다행이군" 하고 짧게 대답하고는 다시 보조기를 벗으라고 지시했다. 그러고는 보조기를 해체하기 시작했다.

"어, 정비 다 끝난 거 아니에요?"

그렇게 묻자 노인은 "이걸로는 걸을 수 있게 된 것뿐이야. 당신, 이제부터 사막 외에도 암석지대, 숲속, 아무튼 여러 곳을 돌아다닐 거잖아? 그때도 문제없이 움직이게 해줄게" 하고 말하며 다시 보조기 정비를 시작했다.

능숙하게 움직이는 노인의 손끝을 바라보자니 그는 "이걸로 어딜 갈 건가, 젊은이?" 하고 물어왔다.

그러고 보니 나는 어디에 가고 싶은 걸까. 거기까지 생각한 적은 없다. 잠시 후 나지막이 "사람이 없는 곳까지요"라고 대답했다.

작업을 시작하고 만 하루가 지나서야 늙은 기계공의 보행 보조기 튜닝은 완료되었다.

감사의 말을 건네려는 나를 보고 노인은 "간만에 실컷 기계를 만졌으니 인사는 필요 없네" 하고 웃었다.

노인과 작별 인사를 한 후 다시 사막을 걷기 시작했다.

처음에는 튜닝된 보조기 덕분에 경쾌하게 걸을 수 있었는데 도시를 출발한 후로 피로가 쌓였는지 점점 더 다리가 무거워졌다. 모래 때문에 마음대로 다리를 움직일 수 없었다.

사막의 낮은 덥고 밤은 춥다. 익숙하지 않은 온도 차이에 체력이 소모되는 것을 느꼈지만 내 다리로 걸을 수 있다는 사실에 기뻐서 해가 져도 계속 걸었다.

그로부터 꼬박 이틀을 걸었을 무렵.

눈앞에 빨간색 홀로그램 벽이 나타났다. 벽에는 '未' 그리고 'Unknown'이라는 글자가 띄워져 있었다.

여기서부터는 권외지역이라는 의미다. 홀로그램을 경계로 사막에서 암석지대로 바뀐다.

홀로그램 밑으로 빠져나갈 때 몸 안에 심어진 국민식별용 칩에서 경고음이 울렸다. 여기서부터는 구조신호를 보내도 보안봇bot이 오지 않는다는 경고다. 나는 경고음을 끄고 계속해서 앞으로 걸어나갔다.

권외지역으로 나와도 사람의 흔적은 느낄 수 있었다. 암석지대 여기저기에 돌로 새긴 듯한 표시가 남아 있다. 다른 탐구자들이 이곳에 왔었다는 증거다.

아직, 아직. 더 앞으로……

울퉁불퉁한 바위들이 사방에 흩어진 길을 걸어간다. 한 걸음, 한 걸음. 하염없이.

　문득 얼굴을 들자 인간은커녕 생물의 흔적이라곤 전혀 찾을 수 없었다. 눈에 들어오는 건 온통 암석뿐이다.

　조용하다. 바람소리만 고요히 들려왔다. 인공물이라곤 전혀 없는, 차분한 정적이 펼쳐져 있다. 시야의 가장자리에서 원뢰遠雷의 번개가 희미하게 번쩍였다.

　나는 그만 그 자리에 털썩 주저앉고 말았다. 오랫동안 내가 바랐던 정적이, 거기에 있었다. 마치 세상에 나만 존재하는 것 같은 감각. 도시에서 태어나고 자란 내가 처음으로 느끼는 고독이었다.

　가져간 음식과 물도 바닥나기 시작했다. 나의 여행은 아무래도 여기까지인 것 같다…….

　왔던 길을 되돌아가기 위해 한 걸음 내디뎠을 때, 보행 보조기는 '끼익' 소리를 내더니 망가지고 말았다.

　보조기는 낱낱이 분해되어 발밑으로 흩어졌다. 등줄기가 서늘해졌다. 보조기 없이는 걸을 수 없다. 이곳은 권외지역이다. 도움을 요청해도 아무도 오지 않는다. 조금 전까지 취해 있던 달콤한 정적이 이번에는 공포로 다가왔다.

　그때였다. 낱낱이 분해된 보조기의 부품에 무언가 새겨져 있는 것이 눈에 들어왔다. 'check'라는 글자와 화살표.

화살표 끝 쪽에 있는 개폐가 가능해 보이는 부분을 열어 보니 안에는 식물로 만든 '종이'가 들어 있었다. 지금은 매우 귀한 물건이다. 종이는 꼬깃꼬깃 구겨져 있었다.

늙은 기계공이 쓴 편지였다.

편지에는 이렇게 쓰어 있었다.

젊은 탐구자에게.

오랜만에 기계를 만질 수 있게 해줘서 고마웠네. 매우 즐거웠어.

한 가지, 자네에게 사과해야 할 것이 있네. 나는 자네에게 거짓말을 했어. 튜닝을 마친 보행 보조기에 새로운 기능을 하나 더해놓았네.

자네가 보조기를 장착하고 1만 보를 걸으면 보조기는 자동으로 고장 나도록 되어 있어. 그 후는 그냥 금속 덩어리가 되는 거지. 그리고 다시 수만 보를 걸으면 완전히 분해되도록 설계했네.

지금 자네는 크게 당황했을 텐데, 부디 안심하게. 자네가 지금 있는 그곳까지 도달할 수 있었던 것은 보조기 덕분이 아냐. 자네의 다리, 본래의 힘이었다네.

자네 이야기를 듣고 자네가 진심으로 원하는 것은 잘 정비된 보조기가 아니라, 자신의 힘으로 걸을 수 있는 다리라는 사실을 깨달았네. 그래서 이런 장치를 한 거야.

자네는 지금 자네의 몸에 달려 있는 그 다리로 어디든 갈 수 있어. 마음껏 세계를 여행하기 바라네.

그리고 어딘가에서 다시 만나게 되면 꼭 자네의 여행 이야기를 들려주게.

노인의 편지를 끝까지 읽은 나는 불어오는 바람과 함께, 멀리서 들려오는 천둥소리만 들리는 그곳에서 크게 심호흡을 했다.

그리고 가야 할 방향을 향해 한 걸음 발을 내디뎠다.

다마루
마사토모

EPISODE 9

돌핀 슈트

.

그리고 또 하나, 나에게는 다른 꿈이 있다 ―.
그것이 실현된 미래를 공상하면서 거칠 것 없는
드넓은 해원을 돌고래가 되어 헤엄쳐간다.
약동감과 해방감을 돌고래의 몸으로 실감한다.
아, 기분 최고다!

땀이 등줄기를 타고 흐르는 것은 오키나와의 강렬한 햇빛 때문만은 아니었다. 압박과 긴장 때문인지 위도 약간 아프다.

바다에 떠 있는 보트 옆에는 공장에서 여러 번의 시제품 제작 끝에 완성한 한 제품의 모델이 놓여 있다.

'돌핀 슈트'라는 이름이 붙여진 제품의 최종 테스트가 곧 시작될 예정이다.

돌핀 슈트는 돌고래와 똑같이 생긴 로봇 슈트다. 인간의 신체능력을 기계로 확장시키자는 사회적 움직임 속에서 오랫동안 장인정신으로 기술과 상품을 개발해온 우리 회사도 신규 사업에 착수하게 되었다. 사내공모로 아이디어를 모집한다는 사실을 알았을 때, 머릿속에 떠오른 것은 돌고래였다.

우리도 돌고래처럼 될 수 있다면…….

어렸을 때부터 얼마나 꿈꿔왔던 일인가.

아마 당시 한창 인기였던 텔레비전의 동물 프로그램을 보면서부터였을 것이다. 기분 좋게 넓은 바다를 헤엄치는 돌고래의 모습을 보고는 완전히 마음을 빼앗겼었다.

그 후로 수족관에서 돌고래를 보면 가슴이 뛰었고, 어른이 된 후에도 취미로 야생 돌고래를 관찰하러 다녔다.

나도 돌고래처럼 될 수 있다면!

그 꿈을 실현할 수 있는 기회가 드디어 온 것이다. 응모 요강을 보고 가슴이 뜨거워졌다.

그날 이후 자발적으로 야근을 하며 자료를 만드는 데 몰두했다. 사업 아이디어의 콘셉트, 비전 책정, 시장 규모와 비용 계산, 뒷받침할 수 있는 구체적인 기술 등을 정리했다.

그리고 사력을 다해 기획서를 작성해서 제출했다.

응모한 수천 건의 아이디어 가운데 내 제안이 선정된 그 순간은 솔직히 거의 기억이 나지 않는다. 최종 프레젠테이션이 끝나고 얼마 지났을 때였는데, 발표된 순간은 머릿속이 하얘져 그 부분만 기억이 없다. 다시 현실로 돌아왔을 때 나는 개발주임으로 임명되었다. 그렇게 해서 내가 주도하는 프로젝트 팀이 만들어졌고 모델 개발이 시작되었다.

오늘이라는 순간이 오기까지 힘든 일이 없었다면 거짓말

일 것이다. 항상 혹독한 현실에 부딪혀 몇 번이나 프로젝트를
접을 뻔했다. 그때마다 오랜 꿈을 떠올리며 마음을 다잡았었
다. 팀원들의 도움으로 난관을 극복해 겨우 이번 최종 테스트
까지 오게 된 것이다.

그리고 마지막 테스트에서 나는 직접 돌핀 슈트를 착용하
는 테스터 역할을 지원했다. 원래는 지휘를 해야 하는 입장이
지만 흥분을 억누를 수가 없었다.

"점검을 완료했습니다!"

팀원 중 누군가의 말에 나는 천천히 고개를 끄덕였다.

모두가 지켜보는 가운데 슈트 쪽으로 걸어갔다.

눈앞에 있는 돌고래 모양 슈트의 등이 머리에서 꼬리까지
양쪽으로 열려 있다. 나는 그 사이에 다리를 집어넣은 후 엎드
려서 슈트 안으로 들어갔다. 두 다리를 꼬리지느러미 끝까지
밀어 넣고 팔은 좌우 지느러미에 낀다. 지느러미 끝에 설치된
버튼을 누르자 기계음을 내며 상부가 닫힌다. 옆에서 보면 돌
고래와 똑같은 모습일 것이다.

밖에서 작업하는 모습이 전송되고 나서, 잠시 후 상황을 묻
는 소리가 들려왔다.

"준비됐습니까? 그럼 시작합니다!"

말이 끝나자마자 나는 머리부터 바다로 뛰어들었다.

"어때요?"

무선으로 팀원의 목소리가 들린다. 물결 사이를 둥실둥실 떠다니면서 나는 입가에 있는 마이크로 대답했다.

"부력, 이상 없음. 산소 탱크, 이상 없음."

돌핀 슈트가 최소한 갖춰야 할 가장 중요한 조건은 안전성이다. 물속에서 무슨 일이라도 일어나면 목숨이 위험해진다. 절대로 물이 들어와서는 안 되고 조금이라도 치명적인 동작 불량이 있어서는 안 된다.

우리 팀은 지금까지 강한 책임감으로 개발에 도전했다. 물론 내심 자신감도 컸다. 우리 회사는 항상 세계 최고 품질의 상품을 추구해 사람들에게 제공했다는 자부심이 있다. 우리는 현실 가능한 최고의 기술력을 이 슈트에 투입했다.

"시야는 어때요?"

다시 소리가 들려온다.

돌고래의 눈에 해당하는 위치에는 카메라가 두 개 달려 있어서 가공된 영상이 눈앞의 모니터에 비치도록 되어 있다. 그 덕분에 엎드린 자세에서도 진행 방향의 상황을 정확히 파악할 수 있다.

시야는 양호하다. 20미터 전방까지는 거뜬히 볼 수 있다. 흐릿함 하나 없는 새파란 세계가 눈앞에 펼쳐진다.

"이상 없음."

나는 그렇게 말하고 하체를 부드럽게 움직여 가볍게 돌핀 킥을 찬다. 동시에 몸이 앞으로 쑥 나가 그것으로 힘이 제대로 전해지는 것을 확인한다. 슈트에는 모터가 달려 있어서 사람의 힘을 증대시켜 강한 추진력으로 바꿔준다. 시속 50킬로미터의 빠르기를 자랑하는 돌고래처럼 물속을 헤엄칠 수 있는 방식이다.

"동력, 이상 없음!"

마지막 확인을 마치고 나는 테스트를 주시하는 팀원이 탄 보트를 뒤로 하고 앞으로 나아갔다.

이번에는 크게 돌핀 킥을 찬다. 발차기 한 번에 몇 미터씩 앞으로 전진해서 그대로 쑥쑥 속도가 붙는다. 물의 저항이 슈트 너머로 전해져 뜨거워진 몸을 식혀준다. 어떤 놀이기구로도 느껴본 적 없는 강렬한 쾌감이다.

이 슈트를 보급하면 새로운 해양 스포츠가 될 거라고 다시 한 번 확신한다. 어린이부터 어른에 이르기까지 나이와 상관없이 물속을 자유자재로 헤엄치며 시합도 하고 재미나게 즐길 것이다.

그리고 또 하나, 나에게는 다른 꿈이 있다—.

그것이 실현된 미래를 공상하면서 거칠 것 없는 드넓은 해원海原을 돌고래가 되어 헤엄쳐 간다. 약동감과 해방감을 돌고래의 몸으로 실감한다.

아, 기분 최고다!

모니터 화면을 초음파 모드로 전환한다. 기기가 작동해 먼 곳의 상황까지 파악할 수 있게 된다.

모니터 안에서 나는 커다랗고 둥근 덩어리를 보았다. 무얼까 의심스러운 생각에 그쪽으로 향했다.

목표가 가까워지자 다시 노멀 모드로 바꿔 눈으로 확인했다. 그 순간, 은색의 빛들이 달려 들어와 숨을 죽였다.

그것은 정어리 떼가 만든 거대한 베이트 볼(bait ball. 작은 물고기들이 모여 공 모양으로 만들어진 군집)이었다.

나는 그 주위를 헤엄치면서 회전하는 거대한 공을 넋을 잃고 바라보았다. 마치 자전하는 행성 같다.

그때 어디선가 '큐우큐우' 하는 소리가 들렸다. 무선에서 나는 소리는 아니다. 이상을 알리는 알람도 아니다.

혹시 이건―.

소리가 나는 쪽으로 시선을 돌리자 예상이 맞았다.

야생 돌고래다. 그것도 한두 마리가 아니다. 여럿이 떼를 지어 이쪽으로 헤엄쳐 온다.

먹이를 찾으러 왔을 것이다. 돌고래들은 재빨리 베이트 볼로 돌진한다.

푸른 세계에 은빛이 흩어진다. 거대한 공은 무너져 풍경이
일그러진다.

돌고래들은 거침없이 정어리를 잡아먹는다. 옆에서 지켜
보는, 종횡무진 오가는 돌고래의 모습은 장관이었다.

결국 정어리 떼가 흩어지자 돌고래들은 일제히 방향을 바
꿔 헤엄치기 시작했다.

완전히 홀려 있었던 나는 허둥지둥 그 뒤를 쫓는다.

돌고래들은 나를 동료로 생각해주는지 그다지 신경 쓰지
않는 것 같다.

어느새 나는 진짜 돌고래가 된 것 같은 착각이 들었다. 아
니, 이미 종種의 경계를 넘어 우리는 완전히 바다와 하나가 되
어 있었다.

돌고래처럼 될 수 있다면!

최종 테스트는 대성공이었다.

*

오키나와를 떠나 몇 개월 지났을 무렵, 돌핀 슈트는 드디어
일반인에게 공개되었다.

처음으로 대여를 시작한 곳은 오키나와, 그리고 도쿄였다.

"다녀올게."

아침이 되자 나는 도쿄만灣과 마주한 집에서 나와 가까운 항구까지 걸어갔다. 그곳에 놓여 있는 돌핀 슈트들 중 하나에 스마트폰을 터치해 잠금을 해제한다.

옛날의 도쿄, 에도는 '물의 도시'라고 불릴 만큼 운하가 발달한 곳이었다. 나는 그 점에 주목했다.

돌핀 슈트로 새로운 해양 스포츠가 생겼으면 좋겠다.

그리고 또 하나. 일상에 수중 이동을 보급시킬 수 있으면 좋겠다.

그런 꿈이 마침내 현실이 되었다.

돌고래가 되어 바다로 뛰어든 나는 레인보우 브리지 아래를 통과해 강으로 들어간다. 목적지는 회사 사무실 근처의 운하와 마주한 작은 항구다.

그때, 운하 제방에서 떠들어대는 아이들의 모습이 시야에 들어왔다. 아직은 보기 드문 돌핀 슈트를 보고 흥분하는 것이리라. 아이들은 이쪽을 향해 힘껏 손을 흔들었다.

기분이 좋아진 나는 제방 쪽으로 들렀다 가기로 했다.

다음 순간, 강바닥으로 빠르게 잠수한다. 그리고 쑥 속도를 높여 모았던 힘을 한 번에 하늘로 발산한다.

커다란 점프를 시작으로 나는 잠시 아이들에게 돌고래쇼를 펼쳤다.

오타
다다시

EPISODE 10

계승되는 추억

·

"42년 전의 스트리트 뷰 데이터를 찾았어요."

"이 길……, 기억나. 그때."

"어머니가 아버지랑 드라이브했을 때의 풍경이에요."

"아……! 세상에……."

돌아가신 아버지의 디지털 유산상속 수속이 완료된 것은 장례식을 치른 지 일주일이 지난 후였다. 꼼꼼한 성격의 아버지가 자산과 마찬가지로 유서에 명기해두었기 때문에 별문제는 없었다. 아버지가 사용했던 클라우드, 각종 패스워드, 영상들 가운데 아버지가 지정한 상속 대상 전부를 아들인 내가 상속받았다.

그 일람을 보던 나는 'GTIN'에 접속할 수 있는 권리도 있다는 것을 알았다.

Global Traffic Information Network — 종합교통정보망.

지금은 예사로운 것이 된 이 정보망이 사용되기 시작한 것은 약 50년 전이다. 법률로 모든 자동차에 주행 데이터를 기록하는 의무가 부과되었고 데이터는 집약되어 클라우드에

저장되었다. 그것으로 얻어진 빅데이터는 사고방지와 교통 정체 대책을 비롯해 도시설계, 상업적 용무 등에도 폭넓게 이용된다.

GTIN은 기본적으로 누구나 접속할 수 있지만 용도나 자격에 따라 범위에 제한이 있다. 특히 데이터를 제공한 개인의 특정한 정보에 대해서는 제공자만 접속할 수 있다.

그 접속권도 상속 대상이었다는 사실은 미처 몰랐다. 흥미가 생긴 나는 서둘러 아버지의 데이터에 접속해보았다.

확인해보니 아버지는 GTIN이 시작된 초기부터 데이터를 제공한 것 같다. 최초 데이터는 아버지가 20세 때의 것으로, 당시 살았던 집에서 대학을 오가는 코스였다. 데이터에 기록된 메모에는 "드디어 첫차로 운전. 조금 긴장된다"고 쓰여 있다. 메모를 읽으면서 나도 모르게 미소를 지었다. 내가 아는 아버지는 자동차 운전에 대해 상당한 자신감을 갖고 있었다. 그런 아버지에게도 면허를 갓 취득한 때가 있었다고 생각하니 절로 미소가 지어진다.

첫 운전부터 차례로 주행 데이터를 좇을 수 있었다. 그런데 살펴보니 거의 똑같은 코스를 오갔을 뿐이다. 가끔 관광지 같은 곳으로 멀리 나간 적도 있는데 같은 곳에 계속 간 것은 아닌 것 같다. 대학을 졸업하고 취직해서 이사한 후에도 거의 같은 길을 왕복했다. 아마 출퇴근 코스였을 것이다. 나는 데이터를 보며 '아버지의 성실한 성격을 그대로 보여주는구나' 라고 생각했다.

그렇게 차례로 확인해가던 중에 좀 기묘한 데이터를 발견했다. 그것은 42년 전의 주행 기록이었다. 특별히 주행 경로에 이상한 점이 있는 것은 아니었다. 당시 아버지가 살았던 곳에서 서쪽으로 시내를 달려가 10분간 정지, 거기서 남쪽으로 내려가 고속도로에 진입한다. 목적지는 Y곶岬이었다. 뛰어난 풍광으로 잘 알려진 명소다. 그곳에서 몇 시간을 보낸다.

이상한 것은 일주일에 단 한 번, 일요일에만 정기적으로 같은 경로를 주행했다는 점이다. 주행 횟수는 무려 17회나 된다.

'뭘 하셨을까?'

흥미가 일었다.

그 경로를 현재의 지도와 대조해보았다. 거의 반세기 전의 경로지만 길 자체는 지금도 똑같다. 그러나 경로를 따라가면서 문득 의문이 들었다. Y곶으로 가는 가장 짧은, 최적의 경로는 따로 있었다. 물론 그 길도 당시부터 존재했다. 아버지는 일부러 길을 멀리 돌아서 간 것이다.

데이터 날짜로 따져보면 당시 아버지는 28세였다. 나는 아버지 장례식 때 조문객들에게 소개했던 아버지의 연보를 파

일에서 꺼내 확인했다. 아버지는 대학을 졸업하고 대형 건설 회사에 들어가 설계 일을 했었다. 28세 때는 출퇴근 경로의 기점이 되는 장소에 있던 아파트에 살았다. 그리고 그다음 해에 어머니와 결혼했다.

문득 생각나는 게 있어 당시 어머니가 살았던 주소를 확인해보았다. 분명히 같은 회사에 근무했다고 했으니까 사는 지역도 회사와 그리 멀지는 않을 것이다. 역시 예상은 적중했다. 어머니는 결혼 전까지는 독립하지 않고 가족들과 같이 살았다. 장소는 아버지가 살던 아파트에서 봤을 때 서쪽으로, 시내 한쪽 끝에서 반대쪽 끝의 위치였다.

아버지의 주행 경로와 대조해보니 최초의 정지 지점이 어머니가 살았던 외갓집이었다.

그거구나. 아버지는 매주 차로 어머니를 집까지 데리러 갔었어. 그래, 데이트야. 그렇게 납득하기 시작하다 이내 고개를 가로저었다. 데이트라면 매번 취향을 바꿔가며 다른 곳에 가지 않을까. 왜 열일곱 번이나 같은 장소에 갔을까.

나는 생각지도 못했던 부모님의 비밀에 더욱 흥미가 생겼다. 아버지와 어머니는 뭔가 목적이 있어 매주 같은 코스를 드라이브하신 게 틀림없다.

저녁식사 때 아내에게 이야기를 꺼냈다.

"매주 같은 장소로 드라이브 데이트? 그거 참 특이하네."

"그렇지? 이유가 뭘까."

내 막연한 질문에 아내는 한동안 아무 대답도 하지 않았다. 하긴 물어봤자 알 리가 없을 거라고 생각했을 때 갑자기 아내가 말했다.

"그 드라이브 데이터에 메모는 없었어?"

"Y곳까지 갔던 마지막 데이터에만 한 줄, '완성, 오늘로 마지막'이라고 쓰여 있었어."

"그러니까 그건 뭔가 목적이 있어서 Y곳까지 갔고, 그날 뭔가 완성했다는 거네."

그렇다, 확실히 그럴지도 모른다.

"여보, 가보지 않을래?"

"Y곳까지?"

"응. 아버님이 운전한 것과 똑같은 경로로 가보는 거야. 뭔가 알 수 있을지도 몰라."

나는 아내의 의견에 회의적이었다. 42년 전의 데이트 코스를 더듬어 가본들 무엇을 알 수 있을까. 그러나 아내는 자신의 아이디어에 의욕을 보였고 결국 다음 일요일에 같이 가보기로 했다.

일요일이 되자, 우리는 차를 타고 나비콘NaviCon에 아버지가 운전했던 경로를 그대로 입력했다. 나머지는 자율주행에 맡기려는데 아내가 말했다.

"아버님도 자율주행이었을까?"

"아냐, 당시에는 아직 지금처럼 완전한 자율주행은 없었을 거야. 게다가 아버지는 직접 운전하는 걸 좋아하셨거든. 아마 수동 운전이었을 거야."

"그럼 우리도 그렇게 하자."

아내의 말에 자율주행 모드를 취소했다. 오랜만에 직접 핸들을 잡으니 살짝 긴장이 됐다.

우선 아버지가 살았던 곳으로 향했다. 어릴 적 들었던 바로는 작은 아파트였던 것 같다. 그러나 도착해보니 그곳에는 커다란 맨션이 들어서 있었다.

거기서 다시 외갓집으로 향하는 도중에 아내가 물었다.

"어머님은 아버님과 결혼하고 나서 일을 그만두셨어?"

"아니, 내가 대학에 들어갈 때까지 일하셨어. 회사는 바뀌었지만 설계 일을 하셨지. 어머니는 사실 도면이 아니라 그림을 그리고 싶으셨대. 젊을 때는 화가가 꿈이어서 예술대학에 가고 싶으셨다지."

외갓집이 없어진 것은 알고 있었다. 가보니, 거기에는 비교적 새것으로 보이는 주택이 서 있었다. 아마 주위 거리의 모습들도 꽤 달라졌을 것이다.

여기서 고속도로로 향한다. 도로가 한산해서 수동운전으로도 그다지 스트레스가 없다.

"아버님은 자상한 분이셨지?"

"응, 한 번도 화를 내신 적이 없었어. 늘 가족이 우선이었고 내가 하고 싶은 것은 뭐든 허락해주셨어. 내가 일을 그만두고 소설가가 되고 싶다고 했을 때도 전혀 반대하지 않으셨지. 덕분에 집필에만 전념할 수 있었어."

"아버님은 뭘 하고 싶으셨을까?"

아내의 말에 당황했다. 아버지는 뭘 하고 싶었을까. 회사를 정년퇴직한 후에도 아버지는 병치레가 잦은 어머니를 돌보시며 지냈다. 그런 삶이 정말 좋았을까…….

그런 생각을 하며 고속도로를 달렸다. 중간에 휴게소에서 잠시 쉬었다 — 이것도 아버지의 주행 데이터를 그대로 따라 했다 — 2시간 만에 Y곳에 도착했다.

조금 놀란 것은, 아버지의 주행 데이터의 도착지가 관광객용 주차장이 아니었다는 것이다. 그곳은 상당히 오래된 찻집이었다.

아버지와 어머니는 매주 이 가게에 왔던 걸까.

차에서 내려 곧장 가게 안으로 들어갔다. 실내는 복고풍 분위기였다. 테이블과 의자에도 지나간 여러 시대가 차곡차곡 쌓여 있는 것 같았다. 벽에는 바다를 그린 그림 몇 장으로 장식되어 있다.

자리에 앉자 백발의 주인장이 다가왔다.

"어서 오세……."

인사를 하다 멈췄다. 처다보니, 내 얼굴을 빤히 보고 있다.

"왜 그러세요?"

"아뇨……, 뭐 드시겠어요?"

나는 커피, 아내는 오렌지주스를 주문했다. 이어서 주인장에게 물었다.

"이 가게, 오래 됐나요?"

"네, 내가 여기서 영업한 지 꼭 48년 됐어요."

"손님은 주로 Y곳에 온 관광객이 많겠어요."

"그렇죠. 하지만 일부러 가게를 찾아주시는 분도 많아요. 그림을 그리고 싶어 하는 분들도요."

"그림? 왜요?"

"이유가 궁금하세요? 그럼 이쪽으로 오세요."

주인장은 우리를 홀 안쪽으로 안내했다. 뒷문을 통해 바깥 베란다로 나갔다.

"와아!"

아내가 감탄한다. 푸른 바다가 펼쳐져 있었다. 그 건너편에는 바다로 돌출된 Y곶의 끝부분도 보인다. 하늘은 푸르고 바다도 감청색으로 물들어 있다.

"경치 참 좋죠? 많은 분이 여기서 그림을 그려요."

주인장이 말했다.

"이곳은 주말 화가들에게 빌려주는 공간이에요."

주말 화가……. 그 말에 마음이 움직였다.

"저기, 기억하실지 모르겠는데, 42년 전 이곳에 그림을 그리러 왔던 여성이 있었나요? 늘 한 남성과 함께였는데."

"기억합니다."

주인장이 말했다.

"이 공간을 처음으로 이용한 분이 바로 그분이거든요. 그날은 관광객이 많아서 주차장도 만차였죠. 두 분은 곶까지 가지 않고 이곳에 있었어요. 바다를 보고 싶다고 해서 이곳으로 안내했는데 정말 좋아하셨어요. 그리고 여성분이 여기서 그림을 그리고 싶다고 했죠. 사실은 화가가 되고 싶었는데 꿈을 이루지 못했대요. 그런데 이 바다를 보니 너무 그림이 그리고 싶어졌다면서. 남성분도 여성분의 소원을 들어주고 싶다고 부탁하기에 이곳을 빌려줬죠. 두 분은 매주 이곳을 찾아왔어요. 여성분은 그림을 그리고 남성분은 가만히 그 모습을 지켜봤죠. 아마 20번쯤 오지 않았을까 싶네요."

"17번입니다."

"아, 그 정도 될 거예요. 그림이 완성되었을 때 여성분이 내게 말했죠. 자신의 인생에서 가장 충실했던 시간이었다고요. 그러면서 직접 그린 그림을 내게 주었어요."

"그 그림은 어디 있어요?"

"가게에 걸어뒀어요."

가게 안으로 들어가자 주인장은 벽에 걸린 그림 한 장을 손으로 가리켰다.

"이겁니다."

부드러운 터치로 바다와 하늘과 곶이 그려진 그림이었다. 오른쪽 구석의 사인은 틀림없는 어머니의 이름이다.

"매번 같이 왔던 남성에게 물은 적이 있어요. 보고만 있으면 지루하지 않느냐고. 그랬더니 '나는 누군가를 돕는 게 좋아요, 내가 정말 좋아하는 누군가를' 하고 말했죠. 그 후 두 사람이 어떻게 됐는지는 모르겠어요."

주인장이 내게 말했다.

"하지만 행복하게 살았을 거예요. 당신은 아버지를 쏙 빼닮았군요."

"…… 감사합니다."

나는 주인장에게 깊이 고개를 숙였다.

병실 안의 꽃병에 하얀 백합이 꽂혀 있었다.

"아버지가 좋아했던 꽃이야."

어머니는 그렇게 말하고 꽃병 쪽으로 고개를 돌렸다. 지금의 어머니에게는 그 정도의 움직임도 힘에 벅차 보였다. 팔도 다리도 움직일 수 없다. 저렇게 꼼짝 못 한 채 누워 지낸 지가 벌써 몇 년째일까. 나는 말했다.

"오늘 보여드리고 싶은 게 있어요."

"뭔데?"

"서프라이즈!"

"그래, 좋아. 엄마 그런 거 좋아해."

어머니는 미소를 지었다.

"이거 써야 해요."

나는 고글을 내밀었다.

"새 영화라도 보여주려는 거니?"

나는 어머니에게 고글을 씌우고 스위치를 켰다.

"어……, VR이네. 이건……, 어디 길인가?"

"어머니가 잘 아는 길이에요."

"내가 안다고……? 아……, 여긴…… 우리집? 벌써 없어졌을 텐데."

"42년 전의 스트리트 뷰 데이터를 찾았어요."

그 데이터를, 내가 차로 현재의 길을 운전했을 때 드라이브 리코더에 기록한 영상과 합성해 편집했다.

"이 길……, 기억나. 그때."

"어머니가 아버지랑 드라이브했을 때의 풍경이에요."

"아……! 세상에……."

어머니는 감탄해 마지않으며 그 경치를 보고 있었다.

"그런데 어떻게? 어떻게 네가 이걸 아니?"

"아버지가 가르쳐주셨어요."

"그 사람이……, 그랬구나."

어머니는 한동안 아무 말도 하지 않았다. 그리고 가끔 고개를 돌린다. 운전석에 있는 아버지를 보듯이.

슬슬 도착할 시간이다.

"…… 이 가게는……."

"네, 어머니랑 아버지가 갔던 바로 그 찻집."

지금 어머니는 찻집의 문을 열고 들어가 뒷문을 통해 베란다로 나갔을 것이다.

"바다……. 그래, 이 바다. 내가 그렸던……. 아아."

움직일 리 없는 어머니의 손이 꿈틀거렸다.

손가락이 들리더니 좌우로 연이어 움직인다.

마치 붓을 놀리듯이.

상상은 현실이 된다

"덴소와 겐토샤, 미래의 모빌리티와 장인정신을 주제로 한 기획 소설 발표!"

우연히 접한 일본 인터넷 기사의 제목에 순간, 두근두근 가슴이 설렜다.

자동차 부품회사와 출판사의 협업?

이건 작정하고 메시지를 발신하겠다는 말이다.

그러고 보니, 세계 자동차 산업이 100년에 한 번 오는 대변혁의 시기를 맞고 있다는 이야기를 어디선가 들은 것 같다. 전기차, 자율주행, 사물인터넷 등과 결합한 자동차 산업의 혁신, 모빌리티…….

그래, 기술의 발전은 늘 새로운 '미래'를 만든다.

그래서 책 제목도《미래제작소》다.

장르는 소설 중에서도 '쇼트 쇼트short short story', 한마디로 '짧고 신기한' 이야기다. 쇼트 쇼트는 1920년대 중반, 미국의 〈코스모폴리탄Cosmopolitan〉 잡지사가 처음으로 생각해낸 형식이다. 단편보다 짧은 소설을 잡지에 연재해 큰 호평을 받았다.

신선한 아이디어와 인상적인 결말이 쇼트 쇼트의 특징인만큼 《미래제작소》에 무척 어울리는 형식이다.

책에 관한 정보를 확인할수록 고개가 끄덕여졌다.

읽어보니 개와 같은 컴퓨터가 나오고, 스파이더 체어가 나오고, 가상현실vr이 나오고……. 당장이라도 우리의 일상에서 이루어질 법한 이야기들이다.

나는 그런 미래에서 뜻밖에도 과거에 대한 그리움과 추억을 만났다.

"호순아, 언니 봐. 즐겁게~ 춤을 추다가~ 그대로 멈춰라!"

조카가 가볍게 몸을 흔들며 노래를 부르다 멈추자, 꼬리를 흔들어대던 호순이도 바로 조용해진다.

호순이는 오래전 집에서 길렀던 진돗개다. 가족이든 낯선 사람이든, 아무튼 모두에게 꼬리를 흔들던 '평화주의견犬'이었다. 엄마 친구분이 "쟤는 겉모습만 개지, 보살이다, 보살" 하고 말할 정도였다.

그런 호순이가 가장 좋아했던 사람은 어린 조카였다. 조카는 집에 놀러오면 가장 먼저 "호순아~! 언니 왔다~" 하고 호순이를 찾았다.

조카는 호순이를 상대로 '얼음 땡' 놀이도 시작했다. 어느 때부터인가 놀러올 때마다 유치원에서 배운 노래, 율동, 놀이를 열정적으로(?) 호순이에게 가르쳤는데, 그중 하나가 '얼음 땡' 놀이였다.

"자꾸 딴짓하면 착한 개 아닌데……. 좋아, 언니가 한번 봐줬다."

그렇게 얼마쯤 지났을까, 호순이는 정말 얼음 땡 놀이를 즐기는 것처럼 조카의 노래에 맞춰 꼬리를 흔들며 껑충대다 결정적인 순간에 동작을 작게 했다.

그 모습을 신기해하던 어른들도 호순이를 상대로 얼음 땡 놀이를 해보았지만, 호순이의 반응은 시큰둥했다.

조카가 초등학교 2학년 되던 해, 가족과 외국으로 떠나게 되었을 때 아이는 호순이를 데려가고 싶다며 날마다 울었다.

외국에 가서도 전화통화를 할 때마다 "호순이는?" 하고 제일 먼저 호순이의 안부를 물었다.

그게 바로 엊그제 일 같은데, 어린 조카는 이제 커서 어엿한 직장인이 되었고 호순이는 오래전에 우리 곁을 떠났다.

얼마 전, 조카와 전화통화를 했다.

"이모가 읽은 책에 독컴dogcom.이라고 개 컴퓨터가 나오는데……, 만약 진짜 그런 것이 개발되면 이모 독컴은 호순이라고 이름 지을까 봐. 얼음 땡 놀이도 가르쳐주고."

"와, 그런 날이 빨리 오면 좋겠다! 근데 내가 호순이 하고 싶은데, 이모는 다른 이름으로 하면 안 돼? 호순이……, 너무 보고 싶다. 다시 볼 수만 있다면……."

우리가 상상한 미래는 현실이 된다. 그것은 우리가 만든다. 《미래제작소》가 많은 사람들에게 미래를 꿈꿀 수 있는 하나의 계기가 되어줄 수 있다면!

한 사람 한 사람의 바람이 담긴 미래.

그 미래의 메시지가 점점 더 크게 들려온다.

기대하시라, 개봉박두!

지금보다 더 나이 먹었을 나와 조카가 호순이와 다시 만날 그날을 기대하며…….

홍성민

쇼트 쇼트 퓨처리스틱 노블

미래제작소

초판 1쇄 발행 2020년 9월 5일

지은이　　오타 다다시, 기타노 유사쿠, 고기쓰네 유스케,
　　　　　　다마루 마사토모, 마쓰자키 유리
기획·옮긴이　홍성민

펴낸이　　김현숙 김현정
펴낸곳　　공명
디자인　　최윤선 정효진
출판등록　2011년 10월 4일 제25100-2012-000039호
주소　　　03925 서울시 마포구 월드컵북로 402, KGIT센터 9층 925A호
전화　　　02-3153-1378 | **팩스** 02-6007-9858
이메일　　gongmyoung@hanmail.net
블로그　　http://blog.naver.com/gongmyoung1

ISBN 978-89-97870-42-4　03830